rororo

ro
ro
ro

Lukas Bärfuss, geb. 1971 in Thun, ist Dramatiker, Romancier und streitbarer Publizist. Seine Stücke werden weltweit gespielt, die Romane sind in zwanzig Sprachen übersetzt. Lukas Bärfuss ist Mitglied der Deutschen Akademie für Sprache und Dichtung und lebt in Zürich. Für seine Werke wurde er u. a. mit dem Berliner Literaturpreis, dem Schweizer Buchpreis und dem Georg-Büchner-Preis ausgezeichnet. Zuletzt erschienen von ihm «Vaters Kiste» und «Die Krume Brot».

«Bärfuss besitzt (...) einen kämpferischen Geist, wie er nur wenige Dichter seit Georg Büchner auszeichnete, unter den Schweizer Schriftstellern vielleicht nur Max Frisch.»

Wolfgang Höbel, *Der Spiegel*

«Die radikale Selbstbefragung, die Erschütterung von beruhigenden bürgerlichen Gewissheiten kennzeichnet alle Werke Bärfuss' ...»

Richard Kämmerlings, *Die Welt*

Lukas Bärfuss

Einsiedler Welttheater

Nach dem Schauspiel von
Don Pedro Calderón de la Barca

Mit einer Übertragung ins Schriftdeutsche
und einem Essay des Autors

Rowohlt Taschenbuch Verlag

Originalausgabe
Veröffentlicht im Rowohlt Taschenbuch Verlag, Hamburg, Juni 2024

Covergestaltung Anzinger und Rasp, München
Satz Dejanire Text bei Dörlemann Satz, Lemförde
Druck und Bindung CPI books GmbH, Leck
ISBN 978-3-499-01629-5

MIX
Papier | Fördert gute Waldnutzung
FSC® C083411

Vorbemerkung: Dieses Stück wurde geschrieben für das Spielvolk in Einsiedeln.

Dort spricht man ursprünglich eine Form des Innerschweizer Dialekts. Der Text folgt keiner lokalen Systematik und etabliert eine Variante des Schweizerdeutschen, die keine geografische Heimat kennt.

Bruno Amstad
1964 – 2024
in memoriam

FIGUREN

Mondheber Gabriel
Mondheber Michael
Der Autor
Emanuela
als Kind
als junge Frau
als reife Frau
als Greisin
Pablo
als Kind
als junger Mann

Der Bauer
Der König
Der Arme
Die Vernunft
Der Reiche
Die Schönheit
Eine Stimme

Die Welt auf einem Lama
Ihre Wunder:
das Lama
der Stille Ozean

der Südwind
der Nordwind
der Tagwind
der Jetstream
die Morgenröte
der Morgentau
der Frost
der Permafrost
die Wüste
der Donner
der Blitz
der Sturm
die Dürre auf Stelzen
die neun Kontinente
die Plattentektonik
die Zellteilung
die Sturzflut
die Überschwemmung
die schöne Pandemie
der Downburst
El Niño
ein Hurricane der Stufe neun
ein Waldbrand

Die Bäuerinnen und Bauern mit den Rechen
Die Bäuerinnen und Bauern mit den Hacken
Das Schäfchen
Das Kälbchen
Das Ferkel

Die kleinen Viecher
Das große Viech

Das Staatsvolk
Eine Sängerin mit Gitarre
Die Rebellen
Rot, eine Beraterin
Schwarz, eine Strategin
Braun, ein Bürokrat

Sechs Sargträger
Sechs Klageweiber
Der Tod
Die verdammten Seelen
Die ewigen Schatten

Die Elenden
Die Frauen am Pranger
Ein lahmer Priester
Jesus
Sein Jünger
Walli
Rolo, ihr Kind
Polli
Bolo, ihr Kind
Die in den Wolldecken
Die Straßenkinder
Die Obdachlose mit dem Vogelkäfig
Die verlotterte Braut

Claude, der Mann mit dem Pflock im Kopf
Sein Vater, auch er mit einem Pflock im Kopf
Claudette, Claudes Tochter, auch sie mit einem Pflock im Kopf
Hiob
Der Pestdoktor
Die Gefesselten
Die Gefolterten
Die Schönen

VORSPIEL

Ein Sommerabend. Auf dem Klosterplatz in Einsiedeln, vor der Barockkirche. Alles ist angerichtet für das große Spiel, das Welttheater. Gleich soll es losgehen. Das Publikum hat sich seine Plätze gesucht. Auf der Bühne, genauer, auf der bogenförmigen Estrade, stehen in Kostüm und Maske die Figuren aus dem Welttheater: der Bauer, der König, der Arme, der Reiche, die Vernunft und die Schönheit. Sie wirken unbeteiligt, als säßen sie in der Garderobe und nicht auf der Bühne. Einer raucht, einer liest ein Buch, einer macht sich die Nägel. Die Vernunft scheint zu schlafen.

Links, vom Paracelsus-Park her, nähert sich mit Lärm und Geknatter ein Lieferwagen. Auf der offenen Ladefläche, festgezurrt mit Spanngurten, eine große Kiste. Wirklich groß, sie überragt das Fahrerhaus um das Doppelte.

Der Wagen hält vor der Kirchentür. Michael und Gabriel steigen aus, zwei Gesellen in Latzhosen. Michael streckt sich die Beine. Gabriel schaut sich um, scheint unzufrieden und kratzt sich am Kopf.

GABRIEL

Faltsch.

MICHAEL

Was?

GABRIEL

Mir.

MICHAEL

Warum?

GABRIEL

Nid hie.

MICHAEL

Wo de?

Bevor Gabriel antworten kann, klingelt sein Telefon. Er nimmt den Anruf entgegen. Im selben Augenblick ertönt eine Stimme.

STIMME

Herzlich willkommen in Einsiedeln, herzlich willkommen im Welttheater. Wir freuen uns, Sie heute Abend als unsere Gäste begrüssen zu dürfen. Die Vorstellung dauert 100 Minuten. Es gibt keine Pause.

MICHAEL

zündet sich eine Zigarette an.

STIMME

Rauchen ist auf dem Gelände verboten.

MICHAEL

drückt eilig die Zigarette aus.

GABRIEL

Während er telefoniert, schüttelt er den Kopf über seinen Kollegen.

STIMME

Telefone schalten Sie jetzt bitte in den Flugmodus.

GABRIEL

telefoniert weiter.

STIMME

Das gilt auch für das Personal auf der Bühne.

GABRIEL

hängt auf.

MICHAEL

lacht ihn aus.

GABRIEL

gibt ihm einen Tritt.

MICHAEL

fällt hin.

GABRIEL

lacht.

In seinem Rücken rollt der Lieferwagen abwärts in Richtung Kirchentreppe.

MICHAEL

macht Gabriel auf die Gefahr aufmerksam.

He!

GABRIEL

springt in den fahrenden Wagen und zieht die Handbremse. Vor dem Treppenabsatz kommt der Lieferwagen abrupt zum Stehen. Mit einem Knall lösen sich die Gurte, die Kiste kippt über das Fahrerhaus auf den Platz.

MICHAEL

schaut entsetzt die Kiste an.

GABRIEL

eilt zur Kiste, überprüft ihren Zustand und wendet sich an Michael.

Das da.

Er zeigt auf die Kiste.

Dert abe.

Er zeigt die Treppe hinunter in Richtung Marienbrunnen.

MICHAEL

Dert abe?

GABRIEL

Abe.

MICHAEL

Ganz?

GABRIEL

Bis zungerscht.

Hü!

Ein Tritt. Michael steht auf und macht sich an die Arbeit. Die Kiste ist schwer. Mit ihrer ganzen Kraft können Gabriel und Michael sie nur eine Handbreit heben.

GABRIEL

ist unzufrieden und zeigt Michael, wie er die Kiste greifen soll.

So!

Klar?

MICHAEL

Was?

GABRIEL

Häbe!

MICHAEL

Wo?

GABRIEL

Hie!

MICHAEL

Da?

GABRIEL

Obe!

MICHAEL

Obc?

GABRIEL

Obe!

MICHAEL

Und när?

GABRIEL

Äbe.

MICHAEL

Äbe?

GABRIEL

Häbe!
Und när abe!
Itz hü!

Ein neuer Versuch.

GABRIEL

Parat?

MICHAEL

Parat!

Sie heben die Kiste an.

Momänt!

GABRIEL

Was?

MICHAEL

Aua!
Nid guet.

GABRIEL

Chischte?

MICHAEL

Finger!

GABRIEL

Wele?

MICHAEL

Mine!
Igchlemmt!

GABRIEL

Wo?

MICHAEL

Äbe.

GABRIEL

Äbe?

MICHAEL

Obe!

Leise.

Himuherrgottdonnerwätter!

GABRIEL

Was?

MICHAEL

laut.

Himuherrgottdonnerwätter!

GABRIEL

Pschscht!

Nid!

MICHAEL

Nid?

GABRIEL

Nid flueche!

Nid hie.

Er deutet auf das Kloster.

Verbote!

Lüpfe.

Lüpfe!

Ein neuer Versuch.

MICHAEL

Ds schwär!

GABRIEL

Ds schwach!

Er verscheucht Michael, hebt die Kiste hoch und stemmt sie über seinen Kopf. Dort findet die Kiste ein labiles Gleichgewicht. Gabriel hat seine Kräfte überschätzt.

Hilf!

MICHAEL

lacht und hilft nicht.

GABRIEL

Itz hilf!

MICHAEL

lacht nur weiter.

GABRIEL

Mah nümm!

MICHAEL

kitzelt seinen Kollegen.

GABRIEL

Hör uf!

MICHAEL

kitzelt weiter.

GABRIEL

Nid –

Die Kiste fällt zu Boden.

– luschtig.

Die Kiste purzelt die Klostertreppe hinunter und kommt auf der ersten Zwischenstufe zum Stehen.

Leise.

Himuherrgottdonnerwätter!

MICHAEL

Was?

GABRIEL

laut.

Himuherrgottdonnerwätter!
Es gaht los.
Hü.

Nun Lärm aus der Kirche. Die Glocken setzen ein. Die beiden Mondheber verstehen, dass sie verschwinden müssen. Sie lassen die Kiste zurück und machen sich mit dem Lieferwagen aus dem Staub.

ERSTER AKT

SZENE 1.1

Zum Klang der Kirchenglocken tritt ein alter Mann mit Stock aus der Klostertür und schreitet in die Mitte des Platzes, bleibt stehen, hebt den Stock, und von einem Augenblick zum anderen verstummt das Glockengeläut. Die Figuren aus dem Welttheater nehmen Haltung an.

AUTOR

Caballeros!
Señoras y Señoritas!
El gran teatro del mundo
de Don Pedro Calderón
de la Barca y Barreda
González de Henao Ruiz
de Blasco y Riaño
se cancela.
Hoy no hay teatro.
Die Figuren aus dem Welttheater applaudieren.
Comprendes? No? Bueno.
Ladies and Gentlemen!

The Great Theatre of the World
by Don Pedro Calderón
de la etcetera etcetera
is cancelled!
No show today!
C'est annulé!
Cancellato!

Die Figuren aus dem Welttheater applaudieren.

S isch abgseit!
Abgesagt!
Das Wälttheater!
Fättig!
Es git nüt hütt!
Vete a casa!
Hei ga!
Home go!

Nach einem letzten Applaus packen die Figuren aus dem Welttheater zusammen, aber jetzt erklingen von weit her zarte Stimmen, sie singen ein Lied, jammervoll. Zwei Kinder, ein Mädchen und ein Junge, nähern sich aus der Richtung des Marienbrunnens der Platzmitte. Sie sind als ungeborene Kinder verkleidet.

DIE UNGEBORENEN KINDER

kommen singend herbei.

Niemerd
Eifach niemerd
Eus gits gar nöd
Mir sind niemerd
Nie geboreni Chind
Nie gsi
Nie wärde
Nid im Himmel
Nid uf Ärde

AUTOR

Ufhöre!
Vo dere Bühni abe!
Hü!

EMANUELA

Mir ghöret zum Wälttheater.
Mir händ e Rolle.

PABLO

En chlini.
Mir spilet die unerzogene Chind.

EMANUELA

gibt ihm einen Tritt.

Pablo!
Nöd die unerzogene,
die ungeborene Chind.

PABLO

Uf jede Fall
brucht's öis im Wälttheater.

AUTOR

Wälttheater!

Es git keis Wälttheater.

EMANUELA

Keis Wälttheater?

PABLO

Keis Wälttheater?

AUTOR

Abgseit!

PABLO

Wäge Räge?

AUTOR

Nöd dr Räge.

EMANUELA

Isch öpper chrank?

AUTOR

Nüt.

EMANUELA

zum Bauern auf der Empore.

Du!

BAUER

Was?

EMANUELA

Du bisch doch dr Buur.

BAUER

Bin ich scho.

EMANUELA

Spilsch mit?

BAUER

Mini Rolle isch en Plaag.
Immer chrampfe.
Immer schwitze.
Es Merci gits nie.
Frag en andere!

EMANUELA

Chönig!

PABLO

Mit der Chrone!
Und em Zepter!

KÖNIG

Aber ohni Macht!
E Chönig ohne Untertane.

PABLO

Das isch kei Chönig!

KÖNIG

En Chönig bruucht niemert
wenn jede über sis Läbe
sälber wott regiere.
Frag en andere!

EMANUELA

Dr Arm!

ARMER

Isch arm.
Bliibt arm.
Nei merci.

EMANUELA

Und dr Riich?

REICHER

Ohni Armi
git's au kei Riichi.

EMANUELA

D Vernunft?

PABLO

Die schlaft.

VERNUNFT

Isch gschtorbe.

PABLO

Jitzt richtig?

VERNUNFT

Gwalt regiert.
Chrieg regiert.
Dr Wahnsinn!

EMANUELA

Grad drum
bruuchts doch d Vernunft!

VERNUNFT

Z spot!
Scho tot!

PABLO

Bliibt nume no sie.
D Schönheit.
Spilsch?

SCHÖNHEIT

Ich würd.

PABLO

Aber?

SCHÖNHEIT

Schön isch, was wahr isch.
Und was wahr isch,
weiss niemer meh.
Weisch du's?

PABLO

In es runds Zimmer
chasch kän Tisch in en Ecke stelle.
Das isch wahr.
Und en Furz
chan niemer an en Nagel hänke.

EMANUELA

Pablo!

PABLO

Dann säg du,
was wahr isch und schön.

EMANUELA

Wahr isch ...

Sie überlegt.

Schön isch ...

Sie überlegt.

SCHÖNHEIT

Wen ihr nöd wüsset
wär ich bin, was söll ich mit euch spile?

EMANUELA

Das sind si gsi.
Alli Rolle.

PABLO

Eini fählt no.
D Gnad!

EMANUELA

Wo isch si?

AUTOR

Gnad isch doch kei Rolle.
Sie isch es Gsetz.

EMANUELA

Und wotts nöd spile, das Gesetz?

AUTOR

Es Gsetz spilt nid.
Es Gsetz regiert.

EMANUELA

Aber mir wänd spile.

PABLO

zieht Emanuela zur Seite.

EMANUELA

Was isch?

PABLO

Das gfallt mir nöd.
Mir gönd.

EMANUELA

Ich wott spile,
begrifsch?

PABLO

Spile!
Wenn niemerd hilft.

EMANUELA

Buur!
Gibt dir es Müpfli!
Ds Wälttheater brucht di!

BAUER

Frag dr Chönig.

KÖNIG

Frag dr Arm.

EMANUELA

Und spilsch?

ARMER

Es Spiel ischs villicht füre Riich.

REICHER

Kei Benefit.
Nur no Verluscht.
Frag d Vernunft.

EMANUELA

Hilf öis!
No einisch!

VERNUNFT

Gib mir ei Grund, warum.

EMANUELA

Wäge. Wäge.

PABLO

Wäge ihre!
Wäg dr Emanuela!
Er zeigt auf Emanuela.
Si hät güebt und probt
und freut sich druf.

BAUER

Härzig.

KÖNIG

Es Chind.

REICHER

Es ungebornis Chind.

BAUER

Was isch das eigentlich?

KÖNIG

Hät me mal gwüsst.
Hät me vergässe.

REICHER

Chönnt me striche.

BAUER

Lösche.

KÖNIG

Wär nüt verlore.

PABLO

Das isch fiis!

EMANUELA

zu Pablo.

Vergiss die.

Zu den Figuren.

Wenn ihr nöd spile wänd,
dänn spilet mir halt allei.

BAUER

Allei?

KÖNIG

Allei?

REICHER

Allei?

ARMER

Allei?

VERNUNFT

Allei?

SCHÖNHEIT

Allei?

EMANUELA

Genau, allei.
Gäll?

Sie gibt Pablo einen Knuff.

PABLO

Genau, allei!

Hält inne und wendet sich an Emanuela.

Allei?
Was spilet mir allei?

EMANUELA

Dänk ds Wälttheater!

PABLO

Allei mit wäm?

EMANUELA

Allei mit üs.

PABLO

Und süsch?

EMANUELA

Mit niemerem süsch.

PABLO

Ds ganze Wälttheater?
Jedi Rolle?
Au dr Chönig?

EMANUELA

Sicher.

PABLO

Und dr Buur?

EMANUELA

Kei Sach.

PABLO

Dr Arm?

EMANUELA

Ich sägs doch, alli.

PABLO

Bisch verruckt?

EMANUELA

Häsch Schiss?

PABLO

Schiss?

EMANUELA

Klar häsch Schiss.

PABLO

Du chasch das nöd.

EMANUELA

Warts nume ab.

Sie raufen.

AUTOR

lacht.

Spile wänd er,
und stritte tüend er.

EMANUELA

am Boden, zum Autor.

Mir wänd, mir dörfet, mir spilet!
Du muesch eus hälfe!

AUTOR

Muess ich?

EMANUELA

Du bisch dr Chef.
Chasches befähle.

AUTOR

Befähle!
Du weisch nöd,
was de verlangsch.
Alli Rolle!
Das bruucht Chraft!
Und Muet!

EMANUELA

Das han ich beides.

AUTOR

D Wält isch gross und gföhrlich!
Und so isch au ds Theater.

EMANUELA

Was isch gföhrlich am Theater?

AUTOR

Wenn drinne bisch
und du spilsch mit,
chunnsch erscht use
wenn's Spiel am Ändi
und alles fertig isch.

PABLO

Und wenn isch fertig?

AUTOR

Das isch nid für alli gliich.

Er entfernt sich.

EMANUELA

Ich wott, häsch ghört.
Wo häre gosch?
Bliib!

Er geht weiter, sie hält ihn zurück.

EMANUELA

Ich wott spile!

AUTOR

Ds Wälttheater?
Alli Rolle?
Und bis zum Änd?

EMANUELA

Ich wott.

AUTOR

Und är?

PABLO

Ich? Also,
ich weiss nöd,
was söll ich säge, ich –

EMANUELA

vervollständigt seinen Satz.

Är wott au.
Also?

AUTOR

Drümal muesch es säge.

EMANUELA

Ich wott! Ich wott! Ich wott!
Und itz?

AUTOR

Itz bechunsch dini Wält.
Pass uf!
Es faht a!

SZENE 1.2

Von einem Moment auf den anderen verschwindet der Autor. Alles wird still.

Der Platz ist leer, Nebel zieht auf, ein Wind.

Emanuela und Pablo stehen allein, verdutzt, verunsichert, verängstigt, horchen, bis schließlich leise eine Melodie ertönt.

Jetzt erscheint, man weiß nicht wie, man weiß nicht von wo, eine seltsame, lustige und bunte Figur auf einem Lama. Mit Schellen und mit Becken. Es ist die Welt. Hinter ihr ziehen nicht minder wundersame Gesellen, einige musizieren, es sind die Wunder der Welt, darunter der Stille Ozean, der Südwind, der Nordwind, der Tagwind, die Morgenröte, der Winter, der Morgentau, die Wüste, die neun Kontinente, die Plattentektonik, der Jetstream, die Zellteilung und viele andere.

EMANUELA

Pablo! Pablo!
Lueg!

PABLO

Wär isch das?

EMANUELA

Das isch dänk d Wält!

AUTOR

D Wält.
Und ihri Wunder.

Die Kinder, begeistert, rennen auf die Wunder zu. Sie staunen, spielen, tanzen.

WELT

zum Autor.

Ah!
Da!
Dr Monsieur!
Dr Chef!
Dr Autor!
Lang nöd gseh.
Sit em letschte Spiel
vor elf Jahr.

AUTOR

Was bringsch ois mit?

WELT

Viel Schöns, viel Schlimms!
All mini Wunder,
d Wunder vor Wält!
Hie, das sind die alte, die von früener:
dr Still Ozean, dr Südwind,
dr Nordwind, ds Morgenrot,
dr Froscht, die nüün Kontinente,
d Plattentektonik, dr Jetstream und Dürri.
Und da die junge, früsche:
dr Permafroscht. Er schmilzt.
El Niño. Är bringt viel Liid.
E Hurricane vor Stufe nün.
En Pandemie! En Waldbrand.
D Sturzfluet. Und en Downburst.

Wär wott no meh?
Wär brucht no meh?

AUTOR

Gnueg Unglück bringsch.

WELT

Und viel Pracht,
ich bringe Chraft, Verwandlig, ewig!
Und jitzt?
Was machet mir jitzt dermit?

AUTOR

Ds Gliich wie immer.
Mach däm Spiel en Wält!

WELT

Sehr gärn.
Aber für wär?

AUTOR

zeigt auf die beiden Kinder.

Für sie!

WELT

Chinder!
Chliini Chinder!
Härzig!
Und wo isch dr Räscht?

AUTOR

Kei Räscht!
En Wält
für d Chinder allei.

WELT

Allei!

Sie lacht.

Allei!

Zu ihren Wundern.

Händ er ghört?

DIE WUNDER

drehen sich zur Welt.

WELT

En Wält allei für die Chinder!

DIE WUNDER

drehen sich zu Emanuela und Pablo, die sich an den Händen halten.

Chinder!
Statt Donner, Räge, Fluet und Blitz
nur Füdi, Gagi, Bisi, Schnäbi, Schlitz?

AUTOR

plötzlich verändert, groß, er hebt die Arme.

Ihr händs ghört!
En Wält!
Sofort!
Ad Arbet!

Nun rührt sich das Kloster. Die Tür geht auf, ein Wind fährt herbei, die Glocken erklingen, die Welt und ihre Wunder ziehen die Köpfe ein.

AUTOR

En Wält!
Es Theater!
Es Wälttheater!

In die erschreckten Wunder kommt Bewegung, sie bilden einen Kreis, der sich zu einem Wirbel formt. Der Wirbel dreht sich langsam, dann schneller. Immer mehr Figuren gesellen sich dazu, und aus seinem Inneren erklingt ein Gesang.

DIE WELT UND IHRE WUNDER

Wind und Füür, Wasser und Ärde
Züge, gebäre und läbe und stärbe!
Wäie, brönne, tränke, wachse
Drüll du Wält und drüll um d Achse!

PABLO

versteckt sich hinter dem Autor.

EMANUELA

nähert sich dem Wirbel.

PABLO

Pass uf!
Was machsch?
Nöd nöcher!
Nei!

Es ist zu spät. Emanuela wird vom Wirbel erfasst.

EMANUELA

Hui!
Wie das drüllt!
Es drüllt!
Und drüllt!
So schnäll!

PABLO

Immer die!
Immer Problem!
Immer s gliich!

EMANUELA

Drümlig!
Schwindlig!
Schlächt!

PABLO

Use!

EMANUELA

Ärdebodelos drümlig!
Ardebodelos schlächt!

PABLO

während sich der Wirbel mit Emanuela immer schneller dreht, zum Autor.

Gsesch nöd?
Hilf!
Es söll ufhöre!

AUTOR

Ufhöre!
Das isch d Wält, du Totsch!
Und d Wält,
die drüllt und hört nöd uf!
Chasch nüt mache!
Chasch nume länke!

PABLO

Länke?

AUTOR

Befähle muesch!
Beherrsche muesch die Wält!

PABLO

Aber wie?

AUTOR

Was isch die erschti Rolle?

PABLO

Dr Buur!

AUTOR

Was isch em Buur si Wält?

PABLO

Es Fäld,
en Acher!

AUTOR

Lüter!

PABLO

Es Fäld!
En Acher!

AUTOR

zur Welt.

Mach es Fäld!

PABLO

spricht ihm nach.

Mach es Fäld!

AUTOR

Und mach –

PABLO

Und mach en Acher!

DIE WELT

Buure!
Buure wänd ihr si?
Guet!
Lueh!

SZENE 1.3

Alles verwandelt sich in Felder, Äcker.

DIE WUNDER

Schaffe, chrampfe mit em Pflueg
Morge, Abe, sisch nie gnueg!

Eine Bauernwelt entsteht, und auch Pablo und Emanuela tragen plötzlich Hacken, Rechen, Schaufeln. Die Welt treibt alle an.

PABLO

Und es Schöfli!
Und es Chälbli!
Und es Söili!

Und auch die Schafe, die Kälber, die Ferkel kommen herbei. Pablo ist ganz angetan.

WELT

Chrampfe, schwitze, säie, jäte,
schlafe, ässe, trinke, bätte!

PABLO

bei der Arbeit mit der Hacke.

Chrampfe, schwitze, säie, jäte,
schlafe, ässe, trinke, bätte!
Chrampfe, schwitze, säie, jäte,
am Afang isch es luschtig.
Aber langsam wird's läschtig.

WELT

Chrampfe, schwitze, säie, jäte,
schlafe, ässe, trinke, bätte!
Witer!

PABLO

Müend mir no lang?

EMANUELA

Es isch sicher gli fertig.

PABLO

Mah nümm!

EMANUELA

Häb dure.

PABLO

Alls wäge dir!
Wäge dim vorlute Muul.

WELT

Was schwätzisch?
Bisch müed vom schaffe?
Bruchsch en Pause?
Wotsch e chli Donner?

PABLO

Donner?

DONNER

macht Lärm. Die Bauern ziehen die Köpfe ein.

WELT

E chli Blitz?

BLITZ

blitzt und erschreckt die Bauern.

EMANUELA

Lueg!
Dr Sturm!

EIN STURM

geht über den Platz und zerstört die Ernte. Einer wird vom Blitz erschlagen. Als es vorbei ist, sind die Bauern dankbar. Aber schon kommt die nächste Plage, sie kommt auf Stelzen, es ist die Dürre.

PABLO

Heiss.

EMANUELA

Durscht.

WELT

Suur isch es für de Buur.
Einisch vil z vil Räge.
Und einisch überhaupt grad käne.

DÜRRE

geht über den Platz.

Staubig isch d Not
und troche dr Tod!
Staubig isch d Not
und troche dr Tod!

EMANUELA

Trinke!

PABLO

Wasser!

WELT

Was me macht
es isch nöd rächt!
Mir probiert no d Viecher.

EMANUELA

zu Pablo.

Was hätt sie gseit?

PABLO

Mir probiere no d Viecher.

EMANUELA

Weli Viecher?

DIE WELT UND IHRE WUNDER

Die Viecher, wo d Ärnti frässe.

Und tatsächlich. Der Platz ist plötzlich voller Ungeziefer.

Und au die, wo d Milch verderbet.

Sie fressen Frucht und Vieh.

Und a dene, wo ds Vieh verändet.

Sie befallen die Menschen, auch Pablo und Emanuela.

Die Viecher,
wo eim plaget.

EMANUELA

Chlini Viecher!
Chömet dür alli Ritze, Schlitze, wäh!

PABLO

Was häsch gmacht?
Du und dis Wälttheater!
Nie hät ich
uf di dörfe lose.

EMANUELA

Feigling!
Hör uf jammere!
Es chönnt viel Bösers ghä
als chlini Viecher.

PABLO

So? Was?

EMANUELA

Grossi Viecher!

DAS GROSSE VIECH

erscheint. Es frisst die Bauern.

EMANUELA

Loset uf mich, ich han e Idee!
Dört vore, ihr, gönd alli nach rächts!
Und dert hinde, ihr, alli nach links!

Zu Pablo.

Du au!
Kreiset, umzinglet das Tier!
Witer, schnäller, feschter!
Drücket, stächet, schlachtet!

Die Bauern wehren sich gegen das Tier. Der Wirbel entsteht, Emanuela und Pablo und die Wunder sind alle Teil davon. Dieser Wirbel umzingelt das Tier, erdrückt es, verspeist es, verdaut es, bringt es zum Verschwinden. Der Bauer auf der Empore geht ab.

PABLO

Lueg!
Dr Buur!
Wo wott er häre?

EMANUELA

Isch doch glich.
Es bruucht ne nümm.

PABLO

Warum nöd?

EMANUELA

Will mir jetzt sini Rolle spilet,
Will mir jitzt Buure sind.

SZENE 1.4

PABLO

Was isch?

EMANUELA

Du bisch so angers.

PABLO

Wie?

EMANUELA

Dini Bruscht!

Sie streichelt seine Brust.

So haarig und so breit!
Und die Arme,
so muskulös!

PABLO

Was isch das?
Was söll das?

AUTOR

D Zyt isch das.
Sie ghört zum Spiel.

PABLO

Mir sind verwandlet!

EMANUELA

zieht Pablo zu sich.

Isch doch schön.
Jitzt chumm zu mir.

PABLO

Was wotsch?

EMANUELA

Merksch nöd?
Gschpürsch nöd?

PABLO

Was?

EMANUELA

Du gfalsch mir.
Ich han Luscht.

PABLO

Das häsch immer.

EMANUELA

Aber jetzt han ich si anders.
Du bisch min Prinz.

PABLO

Und du mini Prinzässin?

EMANUELA

Aber nei, ganz sicher nöd.

PABLO

Nöd.

EMANUELA

Kei Prinzässin nei,
ich bin en Chönigin.
Nöd irgend eini.
Dini Chönigin.
Euri Chönigin!

Und nun entsteht wieder der Wirbel, dieses Mal in der Form einer eckigen Spirale.

EMANUELA

Und marsch!

Die Spirale formt einen Pfeil, eine Angriffsformation, militärisch.

EMANUELA

Und marsch!
Manne, Fraue, Untertane!
En Thron, en Macht, en Staat!

Das Volk errichtet der Königin ein Podium, einen Thron, ordnet sich, stellt sich um sie, beschützt die Herrscherin.

VOLK

Aus dir
und mir ein
uns. Aus allen
formen wir den
einen Leib. Der Schlag von
hunderttausend Zungen fügt sich
zu einer Stimme.
Du Mensch, ergib dich und werde zur
Macht,
zum Staate!

EMANUELA

setzt sich eine Krone auf.

En Chönigin!
Ich bin en Chönigin!
En Chönigin vor ganze Wält!

Derweil, in einer anderen Ecke.

PABLO

Si isch so angers.

AUTOR

En Chönigin.

PABLO

Ich wott sie zrugg!

Die drei Beraterinnen erscheinen.

ROT, EINE BERATERIN

Zrugg chasch nöd.

BRAUN, EIN BÜROKRAT

Stoppe chasch nöd.

SCHWARZ, EINE STRATEGIN

Chasch nur vorwärts.

WELT

Sie macht das guet.

SCHWARZ, EINE STRATEGIN

Ömel nöd schlächt.

ROT, EINE BERATERIN

Villicht wär är besser.

PABLO

Besser als was?

BRAUN, EIN BÜROKRAT

En bessere Chönig.

SCHWARZ, EINE STRATEGIN

Viel besser.

ROT, EINE BERATERIN

Viel, viel besser.

BRAUN, EIN BÜROKRAT

Eifach besser.

SCHWARZ, EINE STRATEGIN

Mächtig wär er. Gschiid. Und schön.

PABLO

Aber wie?

ROT, EINE BERATERIN

Muesch stüre!

BRAUN, EIN BÜROKRAT

Muesch länke!

PABLO

Aber wie?

BRAUN, EIN BÜROKRAT

Mit List.

SCHWARZ, EINE STRATEGIN

Mit Chraft.

WELT

Mit Gwalt!

Sie nimmt ein Schwert und schlägt einer Wache den Kopf ab.

Auf dem Klosterplatz bricht Chaos aus. Rebellion. Krieg. Eine Sängerin singt derweil ein Lied. Pablo kämpft sich auf das Podium. Dann steht er vor Emanuela.

EMANUELA

Du!
Gang wäg!
Was wotsch?

PABLO

Nume zu dir!

EMANUELA

Mini Chrone wotsch!

PABLO

D Chrone chasch bhalte.
Aber dis Härz,
das wott ich.

EMANUELA

En Chönigin hätt keis Härz.

PABLO

Hör uf drmit!
Lueg öis a!
Was us öis isch worde!
Die Gwalt, das Liide,
dä Schmärz.

EMANUELA

Wenn min Thron wotsch,
mini Macht und d Chrone,
denn chumm's dir cho hole!

Sie kämpfen. Emanuela siegt und stößt Pablo in die Tiefe. Sie triumphiert. Braun und Rot und Schwarz haben sich auf das Podium gestellt.

EMANUELA

Und ihr?
Was wänd ihr?

BRAUN, EIN BÜROKRAT

En Wächsel i dr Strategie.

SCHWARZ, EINE STRATEGIN

Chli Change Management.

ROT, EINE BERATERIN

Es liechts Addschöstment.

Rot stößt Emanuela vom Thron, sie stürzt vom Podium, es fällt zusammen. Chaos. Das Volk flieht und zerstreut sich. Emanuela sitzt alleine auf dem leeren Klosterplatz.

INTERMEZZO

Die beiden Mondheber erscheinen wieder. Sie nähern sich der Kiste, die kaputt in einer Ecke liegt.

MICHAEL

Los.

GABRIEL

Säg nüt!

MICHAEL

Ich mein.

GABRIEL

Keis Wort!

Er geht zur Kiste. Er öffnet sie und steigt hinein, verschwindet in der Kiste, man hört ihn wühlen und suchen. Dann taucht er plötzlich auf, in der Hand eine kleine Kiste, das Ebenbild der großen Kiste.

No ganz.

Zum Glück!

Hü. Pack us!

MICHAEL

nimmt Gabriel die kleine Kiste ab, legt sie weg, und die beiden packen die große Kiste aus. Ein Tuch. Ein Seil. Michael stolpert über das Tuch. Gabriel verheddert sich im Seil. Da hören die beiden plötzlich eine Stimme.

EMANUELA

Pablo!
Wo bisch?

GABRIEL

Hü!

Sie räumen hastig auf, packen Tuch und Seil und verschwinden damit in Richtung des Marienbrunnens.

ZWEITER AKT

SZENE 2.1

Es ist still. Der Platz ist leer.

EMANUELA

Pablo!
Wo bisch?
Chum füre!
Es got witer!
Mir wänd spile.
Pablo?
Ich wott. Ich wott. Ich.

Sie weint.

Wo bisch?

Zum Autor, der erschienen ist.

Wo isch er?
Wo isch min Pablo?

AUTOR

Nid alli
spile bis zum Ändi.

EMANUELA

Ich bruuch min Früünd.

AUTOR

Grad vorhär
hesch ihn nöd bruucht.

EMANUELA

Nöd ich.
Also scho ich.
Ich als Chönigin.

AUTOR

Und lueg!

Der König auf dem Podium geht ab.

EMANUELA

Was isch?

AUTOR

Är macht Platz.

EMANUELA

Für was?

AUTOR

Dänk für die nächschti Rolle.

Die Welt tritt auf. Hinter ihr tragen sechs Gestalten einen Sarg. Die Klageweiber reihen sich ein, versammeln sich singend hinter einer Marching Band.

DIE KLAGEWEIBER

Tüüf in Bode
Tüüf id Ärde
Willsch wärde
muesch stärbe

EMANUELA

Was söll das?

WELT

Eine hätt ids Gras bisse.
Eine muess i Bode.

EMANUELA

Und warum so fröhlech?

WELT

Wills ihn verwütscht hät.
Und nöd sie.

EMANUELA

Wär isches?

WELT

Wettsch wüsse?
Wotsch luege?
Chum cho luege!
Chumm!

EMANUELA

nähert sich dem Sarg.

WELT

Schön lüegele!
Mit dene Glotzeri.
Uf, wiit uf!
Schön dri ine gaffe.
Zmitts id Gruebe
Zmitts ids Loch.

Emanuela erkennt den Toten, es ist Pablo.

EMANUELA

Itz chumm.

PABLO

steht plötzlich neben ihr und schweigt.

EMANUELA

Es tuet mir leid.

PABLO

schweigt.

EMANUELA

Ghörsch nöd?

Er schaut sie an, sie streckt ihre Arme, ihre Hände nach ihm aus, aber er dreht sich um, geht hinüber, zu den Toten, die auf ihn warten.
Emanuela kann ihn nicht lassen, folgt ihm durch den Hades, durch das Fegefeuer, die Hölle, das Nirwana, wie immer man das Jenseits nennen mag.
Sie kann ihn nicht packen, sie kann ihn nicht fassen, und wir erkennen, dass die Toten eine Spirale formen, in deren Zentrum sich eine Grube öffnet.
Dort steht schließlich Emanuela.
Die Toten verschwinden.
Aus dem Grab steigt ein Schwarm Tauben.
Emanuela, eben eine junge Frau, steht verwandelt, gealtert, ihre Jugend steht abseits neben ihr.

EMANUELA ALS REIFE FRAU

Was söll das?

EMANUELA ALS JUNGE FRAU

geht ab.

EMANUELA

zu ihrem jungen Ebenbild.

Itz gasch au?
Und lasch mi allei?
Wo alles verlore isch?
D Jugend.
D Liebi.
D Hoffnig.

EMANUELA ALS JUNGE FRAU

geht ab.

AUTOR

erscheint.

EMANUELA

Lueg mich nöd a.
Ich bin nöd dschuld!

AUTOR

Schuld oder nid,
läbig oder tot,
alles ghört zum Spiel.

EMANUELA

Was isch das für nes Spiel,
dis Spiel?

AUTOR

Mis oder dis,
sicher eis
wo du häsch wölle spile.

EMANUELA

Nüt han ich gwüsst drvo.

AUTOR

Ds Läbe isch nie
was mir händ dänkt.
Und erscht wenn sie abgschpilt isch,
verstönd mir eusi Rolle.

EMANUELA

Du und dini Rolle.
Ich han kän Rolle.

AUTOR

Aber spilsch sie guet.
So verzwiiflet.
So verlore und arm.

ARMER

geht ab.

EMANUELA

Das cha nöd si.
Ich bin nöd arm!
Ich bin nöd dschuld!
Oder bin ich öppe arm?
Bin ich dschuld?
Ich bin nöd dschuld!
Ich bin nöd arm!

Emanuela rauft sich die Haare, spricht immer wieder dieselben Sätze, sie ist verrückt geworden.

SZENE 2.2

Nun erscheinen die Elenden und Gequälten, angetrieben von der Welt. Die drei Blinden mit den weißen Stöcken, angeführt von der blinden Akkordeonistin, der Pestdoktor, die Ausgebombten, die Verirrten, die Leute in den Wolldecken, die Straßenkinder, die verlassene, verlotterte Braut, eine Obdachlose mit Vogelkäfig, das Einzige, was ihr geblieben ist, Hiob, die Gefesselten, die Gefolterten, die Vergessenen. Claude, der Mann mit dem Pflock im Kopf, begleitet von seiner Tochter und dem Großvater, beide ebenfalls im Kopf bepflockt. Walli und Polli, von Kindern begleitet, sie heißen Rolo und Bolo. Einer kratzt sich die Wunden auf. Alles sinnlos, eine Welt aus Leiden.

EMANUELA

Bin ich arm?
Und bin ich dschuld!
Bin ich öppe dschuld?

HIOB

Itz ghörsch zu eus.
Zu de Arme und Eländе.

DIE VERLOTTERTE BRAUT

Bi öis Eländе stinkts,
bi öis Arme biists,
es chratzet es chräblet,
es söiferet, es göifert.

CLAUDE

Es isch gar nöd es so schlimm.

Nimmt den Pflock aus dem Kopf, als würde er den Hut lüften.

Ich bi dr Claude.
Ich bi dä
mit em Pflock im Chopf.

EMANUELA

En Pflock im Chopf?

CLAUDE

Eine isch chrank und eine isch arm.
Mis Eländ isch dr Pflock.

EMANUELA

Und woher häsch ihn, din Pflock?

CLAUDE

Dänk vom Vater.

GROSSVATER

mit dem Pflock im Kopf.

Ich säg Guettag.

CLAUDE

Und das isch d Claudette,
öisi Jüngschti.

CLAUDETTE

Und au ich
han in mim Chopf
en Pflock.

EMANUELA

Und für was isch das
en Pflock?

CLAUDETTE

Vatr?

CLAUDE

Was seisch, min Ängel?

CLAUDETTE

Was isch das für en Pflock
i mim Chopf?

CLAUDE

Was fragsch mich?
En Pflock.

Er setzt sich seinen Pflock wieder ein.

ARMER

hat sich zu den Elenden geschlichen.

EMANUELA

Was wotsch da?

ARMER

Wo ane söll ich suscht?
Platz für mich gits nienet.
Han keis Dach, keis Ässe,
nüt z verlüre
kei Gäld und au kei Liebi.
La mich bliibe,
nur für d Nacht.

EMANUELA

Bevor sie antworten kann, machen sich Walli und Polli bemerkbar. An der Hand jeweils Rolo und Bolo.

WALLI

Wär wott vogle?

POLLI

Wär wott figge?

CLAUDE

Ou nei, die zwei Furchtbare.

EMANUELA

Wär isch das?

CLAUDE

Ganz schlimm.
Die sind uf Zäck.

EMANUELA

Uf Zäck?

CLAUDETTE

Vatr.
Nöd uf Zäck.
Die sind uf Cräck.

EMANUELA

Uf Cräck?

CLAUDETTE

Und bruuchet Gäld.

WALLI

Vogle!

POLLI

Figge!

WALLI

Eis Loch en Füüfliber!

POLLI

Zwöi Löcher acht Stutz!

WALLI

All drü zäme en Zweifränkler!

POLLI

Bisch verruckt?
Chasch nöd rächne?

WALLI

Ob eis oder zwei oder drü,
dini Löcher wott sowieso keine!
Au nid für en Stutz!

POLLI

Mini Löcher?
Warum mini Löcher?
Ich verchauf doch nöd mini Löcher.

WALLI

Nöd?

POLLI

Nei, ihri!

Sie zeigt auf ihren Bolo.

WALLI

Nachdem sie kurz überlegt hat, nimmt sie Rolos Arm und geht zu einem Priester.

En Goof!
Es Chind!
Es Härzigs!
En Füfzger!

PRIESTER

Bruch ich nöd.
Bechum ich gratis.

WALLI

zu einem möglichen Kunden.

En Füfzger.

KUNDE

Es bitzeli viel Gäld.
Für es bitzeli Mönsch.

POLLI

schaltet sich ein.

En Vierzger!

KUNDE

S'letscht Wort?

WALLI

Driisg!
Mis gits für Driisg!

POLLI

zu Walli.

Saumoore!
De halt für Zwänzg!

WALLI

Zäh! Und drzu
eis vo mine Löcher!

POLLI

Zwei vo mini Löcher!

KUNDE

Zwei für zäh?

WALLI UND POLLI

Ja!

KUNDE

De nimm ich beidi!

Bezahlt und ab mit den weinenden Kindern.

WALLI UND POLLI

betrachten ihre Scheine und klatschen sich ab.

EMANUELA

Ich wott stärbe.

JESUS

Hilft au nüt.

ARMER

Es isch wie's isch.
Sit hundert Jahr und immer.

EMANUELA

Es cha nöd bliibe.

CLAUDE

Was wotsch mache?

EMANUELA

Nüt.
Verschwinde wotti.
Niemer hätt wölle spile,
i däm Theater
i dere Wält.
Nume ich, nume ich,
nume ich han gmeint
no öppis zgwinne
i däm Spiel.

JESUS

Ken Fähler und kei Schand isch es,
we me probiert und hofft und kämpft.

EMANUELA

Und verliert und verzwiflet?
Isch das en Fähler?

ARMER

Das isch d Wält.
Inegworfe sind mir.
Und das isch ds Spiel.
Niemer suecht es sich us.
Es isch en Seich.

CLAUDE

Me gwöhnt sich dra.

GROSSVATER

Ich säge Guettag!

EMANUELA

Tuet's nöd weh?

GROSSVATER

Bi chaltem Wätter mängisch scho.

CLAUDETTE

Vatr?

CLAUDE

Chind?

CLAUDETTE

Isch jitzt chalt?

CLAUDE

Was seisch, dänk nöd,
jitzt isch es warm.

CLAUDETTE

Wenn's nöd chalt isch,
warum tuets mir weh?

CLAUDE

Mis Störchli, muesch nöd frage.
Bis eifach zfride.

EMANUELA

Zfride?
Bisch blöd?

CLAUDE

Blöd?
Wär isch hie blöd?

EMANUELA

Häsch rächt.
Blöd bin ich.
Aber itz han ichs begriffe.
Chömet.
Mir machets anders.

CLAUDE

Was?

EMANUELA

Dänk das Spiel!

ARMER

Am Bode, verschlage, verdorbe,
das Spiel, das isch verlore.

EMANUELA

Verstönd ihr's nöd?
Mir sind Figure,
und öpper zieht
an öisne Fäde.

CLAUDE

Öpper?

Sie drehen alle den Kopf in Richtung des Autors. Er steht vor der Kirchentür.

EMANUELA

Är bestimmt die Regle
und alles tanzt nach siner Pfiffe.
Dschuld isch är.

CLAUDE

Dschuld a was?

EMANUELA

A dim Pflock.
A de verchoufte Chinder.
An däm Eländ hie.

ARMER

Er hett d Macht.

EMANUELA

Ich sägs doch.

ARMER

Gäg ihn chasch niemals gwünne.

EMANUELA

Allei nid.
Mit euch zäme.

CLAUDE

Mit öis?

ARMER

Mit emene Hufe
Lahme, Blinde, Chranke?

CLAUDE

Höret uf!
Sie hetzt eus uf.

WALLI

Hätt sälber Dräck am Stäcke.

POLLI

Sie isch nöd arm.
Nöd richtig.
Tu tuesch nume so.

WALLI

Költscherel Äproprieischn.

CLAUDE

Uf euseri Chöschte!

CLAUDETTE

nimmt ihren Pflock aus dem Kopf.

CLAUDE

Chind, was machsch?

CLAUDETTE

Vater, vergib mir!
Si hät rächt,
ich chan nöd anders!

Claudette zündet ihren Pflock an. Hält ihn als Fackel hoch über den Kopf. Die Elenden versammeln sich um sie.

EMANUELA

Mir holed eus das Spiel zrugg!
Mit eusne eigene Regle!
Für d Grächtigkeit!

DIE ELENDEN

Für d Grächtigkeit!

EMANUELA

Gäge das Gsetz
wo wenige viel git,
und vilne wenig laht.

DIE ELENDEN

Gäge das Gsetz!

EMANUELA

Für es neus Spiel!

DIE ELENDEN

Für euses Spiel!

Nun bewegen sich die Elenden langsam auf den Autor vor der Klostertür zu. Er hebt die Arme. Noch einmal kommt ihm das Kloster zu Hilfe. Wind, Feuer, Glocken. Die Elenden widerstehen.

EMANUELA

Nur wiiter!
Nur wiiter!
Los!

AUTOR

Mach en Punkt!

EMANUELA

Jitzt plötzlich?

AUTOR

Meinsch, das sig d Lösig?
Wenn ich wäg bin?

EMANUELA

Mit Figure häsch grächnet.
Aber mir zahle als Mönsche.

AUTOR

Us däm Spiel chunnsch nöd use.

EMANUELA

Ich weiss.
Aber duus bisch du.

AUTOR

Dänk witer.
Wenn ich wäg bi,
was machsch derna?

EMANUELA

Lang häsch gredt,
und tüüscht und gloge.
Nur witer!
Er verlürt sini Macht!
Los, muetig, mit Chraft,
für d Grächtigkeit!
Furt!
Wäg!
Die alte Gsetz!
Die alti Ordnig!
Die alte Manne!

Die Menge hat den Autor nun erreicht, umzingelt, er wird gestupst, getreten, geschlagen.

DIE VERNUNFT

geht ab.

AUTOR

D Vernunft goht ab,
D Vernunft verschwindet.

Er verschwindet in der Menge.

WELT

Itz bisch mit mir allei.

ARMER

Nöd allei.

DRITTER AKT

SZENE 3.1

ARMER

öffnet die Klostertür, scheu, vorsichtig, verschwindet, erscheint wieder, er trägt einen glänzenden Pokal und hält ihn der Menge entgegen.

Us Gold!
Mit Diamante!
Jitzt bin ich rich!

Ein Johlen, ein Brüllen, die Elenden stürmen die Kirche. Sie werfen die Kostbarkeiten auf einen Haufen. Emanuela klettert auf den Haufen.

EMANUELA

Nöd gnue!
Nur witer!
No meh!

Die Plünderung geht weiter. Der Haufen wird größer.

Nüt cha bliibe.
Nämet alles!
Dr ganzi Riichtum!

ARMER

erscheint mit dem Gnadenbild, der Schwarzen Madonna.

EMANUELA

Gib ane!
Das ghört mir!

ARMER

Das will ich für mich.

EMANUELA

Chasch dänke!
Mis!

Sie entreißt ihm das Gnadenbild, entreißt jedem, was er gerade in den Händen trägt, das Gold, den Schmuck, die Edelsteine.

Alles mis!
Alles mis!

ARMER

Und ich?

EMANUELA

Für dich?
Für dich gits nüt.
Bisch arm.
Blibsch arm.

ARMER

Lueg!

REICHER

geht ab.

EMANUELA

Sini Rolle han jetzt ich.
Bin rich!
Bin rich!

SZENE 3.2

Emanuela wird sich der Schönheit bewusst, die als letzte Figur auf dem Podium steht.

EMANUELA

So rich!
Isch das nöd schön?

Zur Schönheit, die als letzte Figur noch auf der Estrade steht.

He! Du! Schönheit!
Chasch gha, gsesch nöd, jetzt isch es schön.
Oder gfallt's dir nöd?

Sie kleidet sich in die Gewänder der Madonna.

Und das?
Das isch doch schön!
Schöner als du!
Viel schöner!
Ich bin die Schönst!

Ein Defilee der Schönen zieht vorbei. An der Klostermauer entrollt sich riesenhaft Emanuelas Porträt, ein ideales Gesicht.

Wält, wo bisch?

WELT

Was wotsch?

EMANUELA

Lueg mich a
und mach mich schön!

WELT

Wie schön?

EMANUELA

Schöner als die!

WELT

lässt einen Wirbel entstehen, der Emanuela mitreißt und plötzlich Emanuelas Gesicht zeigt.

EMANUELA

aus dem Innern des Wirbels.

Schön, ich bin schön!

SZENE 3.3

SCHÖNHEIT

verweilt auf dem Podium, bis der Wirbel Emanuela freigibt. Sie ist verwandelt, eine Greisin. So steht sie da, auf dem Klosterplatz, alt, zerbrechlich.

EMANUELA

Was häsch gmacht?
Warum ghör ich nüt?
Mini Zähn so schlächt
und d Hut so grusig
d Chnoche spröd
und mini Auge gsend fasch nöd!

WELT

Bisch verwandlet und am Läbe.
Was chönnt schöner si?

EMANUELA

Du bisch das,
wo alls zerstört.

WELT

Bi einfach d Wält,
wo dräit und dräit.
Und lueg!

SCHÖNHEIT

Das isch wahr. Jitzt bisch schön.
Sie geht ab.

WELT

D Schönheit ghat!
Du und das Spiel
ihr sind volländet!

EMANUELA

Volländet?
Und jitzt?

WELT

Bisch am Ändi.
Ds Spiel isch us.

EMANUELA

Das cha nöd si!
Es muess geng witer gha.

WELT

Das ghats au.

EMANUELA

Sicher?

WELT

Aber ja.
Es gaht witer ohni dich.

EMANUELA

Ohn mich.
Und du?

WELT

Ich bin dini Wält.
Und dini Wält verschwindet.
Und i das Verschwinde,
nimmt sie dich mit.

EMANUELA

Nei. Ich bliib.

Sie begegnet ihren Alter Egos, dem Kind, der jungen Frau, der reifen Frau. Sie wollen sie mitnehmen.

EMANUELA ALS REIFE FRAU

Pablo!
Ich lieb dich.
Pablo!
Häsch ghört?
Ich lieb dich.
Das ghat nöd verbi.

EMANUELA ALS JUNGE FRAU

En Chönigin!
Das bin ich gsi.
Stell dir vor!
En Chünigin.

EMANUELA ALS KIND

Chömet.
Mir wänd spile!
Spile!

Nun ist das Lama da. Emanuela als Greisin steigt auf und verschwindet mit der Welt auf der Bühne.

Grossmüeti!
Müeti.
Wo gasch ane?
Mir händ doch wölle spile.
Bliib doch!

Bliib!

Wär soll itz mit mir spile?

Man hört zwei Stimmen. Gabriel und Michael kommen. Immer mehr Kinder strömen auf den Klosterplatz und betrachten das Werk der beiden.

DIE MONDHEBER

Achtung!

Es ist der Mond, der schöne, weiße, volle Mond in der Nacht über Einsiedeln, über der Welt, in vollem Glanz, mit seinem feinen Lächeln.

Finis. Fin de la bobine.

ÜBERTRAGUNG INS SCHRIFTDEUTSCHE

VORSPIEL

Ein Sommerabend. Auf dem Klosterplatz in Einsiedeln, vor der Barockkirche. Alles ist angerichtet für das große Spiel, das Welttheater. Gleich soll es losgehen. Das Publikum hat sich seine Plätze gesucht. Auf der Bühne, genauer, auf der bogenförmigen Estrade, stehen in Kostüm und Maske die Figuren aus dem Welttheater: der Bauer, der König, der Arme, der Reiche, die Vernunft und die Schönheit. Sie wirken unbeteiligt, als säßen sie in der Garderobe und nicht auf der Bühne. Einer raucht, einer liest ein Buch, einer macht sich die Nägel. Die Vernunft scheint zu schlafen.

Links, vom Paracelsus-Park her, nähert sich mit Lärm und Geknatter ein Lieferwagen. Auf der offenen Ladefläche, festgezurrt mit Spanngurten, eine große Kiste. Wirklich groß, sie überragt das Fahrerhaus um das Doppelte.

Der Wagen hält vor der Kirchentür. Michael und Gabriel steigen aus, zwei Gesellen in Latzhosen. Michael streckt sich die Beine. Gabriel schaut sich um, scheint unzufrieden und kratzt sich am Kopf.

GABRIEL

Falsch.

MICHAEL

Was?

GABRIEL

Wir.

MICHAEL

Warum?

GABRIEL

Nicht hier.

MICHAEL

Wo sonst?

Bevor Gabriel antworten kann, klingelt sein Telefon. Er nimmt den Anruf entgegen. Im selben Augenblick ertönt eine Stimme.

STIMME

Herzlich willkommen in Einsiedeln, herzlich willkommen im Welttheater. Wir freuen uns, Sie heute Abend als unsere Gäste begrüßen zu dürfen. Die Vorstellung dauert 100 Minuten. Es gibt keine Pause.

MICHAEL

zündet sich eine Zigarette an.

STIMME

Rauchen ist auf dem Gelände verboten.

MICHAEL

drückt eilig die Zigarette aus.

GABRIEL

Während er telefoniert, schüttelt er den Kopf über seinen Kollegen.

STIMME

Telefone schalten Sie jetzt bitte in den Flugmodus.

GABRIEL

telefoniert weiter.

STIMME

Das gilt auch für das Personal auf der Bühne.

GABRIEL

hängt auf.

MICHAEL

lacht ihn aus.

GABRIEL

gibt ihm einen Tritt.

MICHAEL

fällt hin.

GABRIEL

lacht.

In seinem Rücken rollt der Lieferwagen abwärts in Richtung Kirchentreppe.

MICHAEL

macht Gabriel auf die Gefahr aufmerksam.

He!

GABRIEL

springt in den fahrenden Wagen und zieht die Handbremse. Vor dem Treppenabsatz kommt der Lieferwagen abrupt zum Stehen. Mit einem Knall lösen sich die Gurte, die Kiste kippt über das Fahrerhaus auf den Platz.

MICHAEL

schaut entsetzt die Kiste an.

GABRIEL

eilt zur Kiste, überprüft ihren Zustand und wendet sich an Michael.

Das da.

Er zeigt auf die Kiste.

Dort runter.

Er zeigt die Treppe hinunter in Richtung Marienbrunnen.

MICHAEL

Dort runter?

GABRIEL

Runter.

MICHAEL

Ganz?

GABRIEL

Bis zuunterst.

Los!

Ein Tritt. Michael steht auf und macht sich an die Arbeit. Die Kiste ist schwer. Mit ihrer ganzen Kraft können Gabriel und Michael sie nur eine Handbreit heben.

GABRIEL

ist unzufrieden und zeigt Michael, wie er die Kiste greifen soll.

So!

Klar?

MICHAEL

Was?

GABRIEL

Packen!

MICHAEL

Wo?

GABRIEL

Hier!

MICHAEL

Da?

GABRIEL

Oben!

MICHAEL

Oben?

GABRIEL

Oben!

MICHAEL

Und dann?

GABRIEL

Eben.

MICHAEL

Eben?

GABRIEL

Heben!
Und dann runter!
Jetzt los!

Ein neuer Versuch.

GABRIEL

Bereit?

MICHAEL

Bereit!

Sie heben die Kiste an.

Moment!

GABRIEL

Was?

MICHAEL

Aua!
Nicht gut.

GABRIEL

Kiste?

MICHAEL

Finger!

GABRIEL

Welcher?

MICHAEL

Meiner!
Eingeklemmt!

GABRIEL

Wo?

MICHAEL

Eben.

GABRIEL

Eben?

MICHAEL

Oben!

Leise.

Himmelherrgottdonnerwetter!

GABRIEL

Was?

MICHAEL

laut.

Himmelherrgottdonnerwetter!

GABRIEL

Pschscht!

Nicht!

MICHAEL

Nicht?

GABRIEL

Nicht fluchen!

Nicht hier.

Er deutet auf das Kloster.

Verboten!

Heben.

Heben!

Ein neuer Versuch.

MICHAEL

Zu schwer!

GABRIEL

Zu schwach!

Er verscheucht Michael, hebt die Kiste hoch und stemmt sie über seinen Kopf. Dort findet die Kiste ein labiles Gleichgewicht. Gabriel hat seine Kräfte überschätzt.

Hilf!

MICHAEL

lacht und hilft nicht.

GABRIEL

Jetzt hilf!

MICHAEL

lacht nur weiter.

GABRIEL

Kann nicht mehr!

MICHAEL

kitzelt seinen Kollegen.

GABRIEL

Lass das!

MICHAEL

kitzelt weiter.

GABRIEL

Nicht –

Die Kiste fällt zu Boden.

– lustig.

Die Kiste purzelt die Klostertreppe hinunter und kommt auf der ersten Zwischenstufe zum Stehen.

Leise.

Himmelherrgottdonnerwetter.

MICHAEL

Was?

GABRIEL

laut.

Himmelherrgottdonnerwetter!

Es geht los.

Hü.

Nun Lärm aus der Kirche. Die Glocken setzen ein. Die beiden Mondheber verstehen, dass sie verschwinden müssen. Sie lassen die Kiste zurück und machen sich mit dem Lieferwagen aus dem Staub.

ERSTER AKT

SZENE 1.1

Zum Klang der Kirchenglocken tritt ein alter Mann mit Stock aus der Klostertür und schreitet in die Mitte des Platzes, bleibt stehen, hebt den Stock, und von einem Augenblick zum anderen verstummt das Glockengeläut. Die Figuren aus dem Welttheater nehmen Haltung an.

AUTOR

Caballeros!
Señoras y Señoritas!
El gran teatro del mundo
de Don Pedro Calderón
de la Barca y Barreda
González de Henao Ruiz
de Blasco y Riaño
se cancela.
Hoy no hay teatro.
Die Figuren aus dem Welttheater applaudieren.
Comprendes? No? Bueno.
Ladies and Gentlemen!

The Great Theatre of the World
by Don Pedro Calderón
de la etcetera etcetera
is cancelled!
No show today!
C'est annulé!
Cancellato!

Die Figuren aus dem Welttheater applaudieren.

Es ist abgesagt!
Abgesagt!
Das Welttheater!
Fertig!
Es gibt nichts heute!
Vete a casa!
Heimgehen!
Home go!

Nach einem letzten Applaus packen die Figuren aus dem Welttheater zusammen, aber jetzt erklingen von weit her zarte Stimmen, sie singen ein Lied, jammervoll. Zwei Kinder, ein Mädchen und ein Junge, nähern sich aus der Richtung des Marienbrunnens der Platzmitte. Sie sind als ungeborene Kinder verkleidet.

DIE UNGEBORENEN KINDER

kommen singend herbei.

Niemand
Einfach niemand
Uns gibt es nicht
Wir sind niemand
Nie geborene Kinder
Nie gewesen
Nie werden
Nicht im Himmel
Nicht auf Erden

AUTOR

Aufhören!
Von der Bühne runter!
Los!

EMANUELA

Wir gehören zum Welttheater.
Wir spielen eine Rolle.

PABLO

Eine kleine.
Wir spielen die unerzogenen Kinder.

EMANUELA

gibt ihm einen Tritt.

Pablo!
Nicht die unerzogenen,
die ungeborenen Kinder.

PABLO

Auf jeden Fall
braucht es uns im Welttheater.

AUTOR

Welttheater!
Es gibt kein Welttheater.

EMANUELA

Kein Welttheater?

PABLO

Kein Welttheater?

AUTOR

Abgesagt!

PABLO

Wegen Regen?

AUTOR

Nicht der Regen.

EMANUELA

Ist jemand krank?

AUTOR

Nein.

EMANUELA

zum Bauern auf der Empore.

Du!

BAUER

Was?

EMANUELA

Du bist doch der Bauer.

BAUER

Bin ich wohl.

EMANUELA

Spielst du mit uns?

BAUER

Meine Rolle ist eine Plage.
Immer malochen.
Immer schwitzen.
Ein Danke gibt es nie.
Frag einen anderen!

EMANUELA

König!

PABLO

Mit der Krone!
Und einem Zepter!

KÖNIG

Aber ohne Macht!
Ein König ohne Untertanen.

PABLO

Das ist kein König!

KÖNIG

Einen König braucht niemand,
wenn jeder über sein Leben
selber regieren will.
Frag einen anderen!

EMANUELA

Der Arme!

ARMER

Ist arm.
Bleibt arm.
Nein danke.

EMANUELA

Und der Reiche?

REICHER

Ohne Arme
gibt's auch keine Reichen.

EMANUELA

Die Vernunft?

PABLO

Sie schläft.

VERNUNFT

Ist gestorben.

PABLO

Jetzt echt?

VERNUNFT

Gewalt regiert.
Krieg regiert.
Der Wahnsinn!

EMANUELA

Gerade deshalb
braucht es die Vernunft!

VERNUNFT

Zu spät!
Schon tot!

PABLO

Bleibt nur sie.
Die Schönheit.
Spielst du?

SCHÖNHEIT

Ich würde ja.

PABLO

Aber?

SCHÖNHEIT

Schön ist, was wahr ist.
Und was wahr ist,
weiß niemand mehr.
Weißt du es?

PABLO

In einem runden Zimmer
kann niemand einen Tisch in die
Ecke stellen.
Das ist wahr.
Und niemand kann
einen Furz an einen Nagel hängen.

SCHÖNHEIT

Sag du,
was wahr ist und schön!

EMANUELA

Wahr ist ...

Sie überlegt.

Schön ist ...

Sie überlegt

SCHÖNHEIT

Wenn ihr nicht wisst,
wer ich bin,
wie soll ich mit euch spielen?

EMANUELA

Das waren sie.
Alle Rollen.

PABLO

Eine fehlt noch.
Die Gnade!

EMANUELA

Wo ist sie?

AUTOR

Die Gnade ist keine Rolle.
Sie ist ein Gesetz.

EMANUELA

Und will es spielen, dieses Gesetz?

AUTOR

Ein Gesetz spielt nicht.
Ein Gesetz regiert.

EMANUELA

Aber wir wollen spielen.

PABLO

zieht Emanuela zur Seite.

EMANUELA

Was ist?

PABLO

Das gefällt mir nicht.
Wir gehen.

EMANUELA

Ich will spielen,
verstehst du?

PABLO

Spielen!
Wenn niemand hilft.

EMANUELA

Bauer!
Gib dir einen Ruck!
Das Welttheater braucht dich!

BAUER

Frag den König.

KÖNIG

Frag den Armen.

EMANUELA

Und, spielst du?

ARMER

Ein Spiel ist es vielleicht für den
Reichen.

REICHER

Kein Benefit.
Nur Verlust.
Frag die Vernunft.

EMANUELA

Hilf uns!
Noch einmal!

VERNUNFT

Sag mir einen Grund, warum.

EMANUELA

Wegen. Wegen.

PABLO

Wegen ihr!
Wegen Emanuela!
Er zeigt auf Emanuela.
Sie hat geübt und geprobt,
und freut sich sehr aufs Spiel.

BAUER

Süß.

KÖNIG

Ein Kind.

REICHER

Ein ungeborenes Kind.

BAUER

Was ist das eigentlich?

KÖNIG

Hat man mal gewusst.
Hat man vergessen.

REICHER

Könnte man streichen.

BAUER

Löschen.

KÖNIG

Nichts wäre verloren.

PABLO

Das ist gemein!

EMANUELA

zu Pablo.

Vergiss sie.

Zu den Figuren.

Wenn ihr nicht spielen wollt,
dann spielen wir halt alleine.

BAUER

Alleine?

KÖNIG

Alleine?

REICHER

Alleine?

ARMER

Alleine?

VERNUNFT

Alleine?

SCHÖNHEIT

Alleine?

EMANUELA

Genau, alleine.
Nicht wahr?

Sie gibt Pablo einen Knuff.

PABLO

Genau, alleine!

Hält inne und wendet sich an Emanuela.

Alleine?
Was spielen wir alleine?

EMANUELA

Das Welttheater, natürlich!

PABLO

Alleine mit wem?

EMANUELA

Alleine mit uns.

PABLO

Und sonst?

EMANUELA

Mit niemandem sonst.

PABLO

Das ganze Welttheater?
Jede Rolle?
Auch den König?

EMANUELA

Sicher.

PABLO

Und den Bauern?

EMANUELA

Keine Sache.

PABLO

Den Armen?

EMANUELA

Ich sage doch, alle.

PABLO

Bist du verrückt?

EMANUELA

Hast du Angst?

PABLO

Angst?

EMANUELA

Klar hast du Angst.

PABLO

Du kannst das nicht.

EMANUELA

Warte nur.

Sie raufen.

AUTOR

lacht.

Spielen wollt ihr,
streiten tut ihr.

EMANUELA

am Boden, zum Autor.

Wir wollen, wir dürfen, wir spielen!
Du musst uns helfen!

AUTOR

Muss ich?

EMANUELA

Du bist der Chef.
Kannst es befehlen.

AUTOR

Befehlen!
Du verstehst nicht,
was du verlangst.
Alle Rollen!
Das braucht Kraft!
Und Mut!

EMANUELA

Ich habe beides.

AUTOR

Die Welt ist groß und gefährlich!
Und so ist auch das Theater.

EMANUELA

Was ist gefährlich am Theater?

AUTOR

Wenn es losgeht
und du spielst mit,
kommst du erst raus,
wenn das Spiel zu Ende
und alles fertig ist.

PABLO

Und wann ist fertig?

AUTOR

Das ist nicht für alle gleich.

Er entfernt sich.

EMANUELA

Ich will, hörst du?
Wo gehst du hin?
Bleib!

Er geht weiter, sie hält ihn zurück.

EMANUELA

Ich will spielen!

AUTOR

Alle Rollen?
Und bis zum Ende?

EMANUELA

Ich will.

AUTOR

Und er?

PABLO

Ich? Also,
ich weiß nicht,
was sag ich, ich –

EMANUELA

vervollständigt seinen Satz.

Er will auch.
Also?

AUTOR

Dreimal musst du es sagen.

EMANUELA

Ich will! Ich will! Ich will!
Und jetzt?

AUTOR

Jetzt bekommst du dein Spiel
und deine Welt.
Pass auf!
Es geht los!

SZENE 1.2

Von einem Moment auf den anderen verschwindet der Autor. Alles wird still.

Der Platz ist leer, Nebel zieht auf, ein Wind.

Emanuela und Pablo stehen allein, verdutzt, verunsichert, verängstigt, horchen, bis schließlich leise eine Melodie ertönt.

Jetzt erscheint, man weiß nicht wie, man weiß nicht von wo, eine seltsame, lustige und bunte Figur auf einem Lama. Mit Schellen und mit Becken. Es ist die Welt. Hinter ihr ziehen nicht minder wundersame Gesellen, einige musizieren, es sind die Wunder der Welt, darunter der Stille Ozean, der Südwind, der Nordwind, der Tagwind, die Morgenröte, der Winter, der Morgentau, die Wüste, die neun Kontinente, die Plattentektonik, der Jetstream, die Zellteilung und viele andere.

EMANUELA

Pablo! Pablo!
Schau!

PABLO

Wer ist das?

EMANUELA

Das ist die Welt!

AUTOR

Die Welt.
Und ihre Wunder.

Die Kinder, begeistert, rennen auf die Wunder zu. Sie staunen, spielen, tanzen.

WELT

zum Autor.

Ah!
Da!
Der Monsieur!
Der Chef!
Der Autor!
Lange nicht gesehen.
Seit dem letzten Spiel
vor elf Jahren.

AUTOR

Was bringst du mit?

WELT

Viel Schönes, viel Schlimmes!
Alle meine Wunder,
die Wunder der Welt!
Hier, das sind die alten, die von früher:
der Stille Ozean, der Südwind,
der Nordwind, das Morgenrot,
der Frost, die neun Kontinente,
die Plattentektonik, der Jetstream, die Dürre.
Und hier die jungen, frischen:
der Permafrost. Er schmilzt.
El Niño. Er bringt viel Leid.
Ein Hurricane der Stufe neun.
Eine Pandemie! Ein Waldbrand.
Die Sturzflut. Und ein Downburst.

Wer will mehr?
Wer braucht mehr?

AUTOR

Unglück bringst du genug.

WELT

Und viel Pracht,
ich bringe Kraft, Verwandlung, ewig!
Und jetzt?
Was machen wir damit?

AUTOR

Das Gleiche wie immer.
Mach dem Spiel eine Welt!

WELT

Sehr gerne.
Aber für wen?

AUTOR

zeigt auf die beiden Kinder.

Für sie!

WELT

Kinder!
Kleine Kinder!
Süß!
Und wo bleibt der Rest?

AUTOR

Kein Rest!
Eine Welt
allein für die Kinder.

WELT

Allein!

Sie lacht.

Allein!

Zu ihren Wundern.

Habt ihr gehört?

DIE WUNDER

drehen sich zur Welt.

WELT

Eine Welt allein für die Kinder!

DIE WUNDER

drehen sich zu Emanuela und Pablo, die sich an den Händen halten.

Kinder!
Statt Donner, Regen, Flut und Blitz
bloß Popo, Kacka, Pipi, Schniedel, Schlitz?

AUTOR

plötzlich verändert, groß, er hebt die Arme.

Ihr habt es gehört!
Eine Welt!
Sofort!
An die Arbeit!

Nun rührt sich das Kloster. Die Tür geht auf, ein Wind fährt herbei, die Glocken erklingen, die Welt und ihre Wunder ziehen die Köpfe ein.

AUTOR

Eine Welt!
Ein Theater!
Ein Welttheater!

In die erschreckten Wunder kommt Bewegung, sie bilden einen Kreis, der sich zu einem Wirbel formt. Der Wirbel dreht sich langsam, dann schneller. Immer mehr Figuren gesellen sich dazu, und aus seinem Inneren erklingt ein Gesang.

DIE WELT UND IHRE WUNDER

Wind und Feuer, Wasser und Erde.
Zeugen, gebären und leben und sterben!
Wehe, brenne, tränke, wachse.
Dreh, du Welt, dreh um die Achse!

PABLO

versteckt sich hinter dem Autor.

EMANUELA

nähert sich dem Wirbel.

PABLO

Pass auf!
Was machst du?
Nicht näher!
Nein!

Es ist zu spät. Emanuela wird vom Wirbel erfasst.

EMANUELA

Hui!
Wie sich das dreht!
Es dreht sich!
Und dreht!
So schnell!

PABLO

Immer sie!
Immer Probleme!
Immer dasselbe!

EMANUELA

Taumlig!
Schwindlig!
Schlecht!

PABLO

Raus!

EMANUELA

Erdbodenlos schwindlig!
Erdbodenlos schlecht!

PABLO

während sich der Wirbel mit Emanuela immer schneller dreht, zum Autor.

Siehst du nicht?
Hilf!
Es soll aufhören!

AUTOR

Aufhören!
Das ist die Welt, du Depp!
Und die Welt,
die dreht sich und hört nicht auf!
Nichts kannst du tun!
Nur lenken kannst du!

PABLO

Lenken?

AUTOR

Befehlen musst du!
Beherrschen musst du die Welt!

PABLO

Aber wie?

AUTOR

Was ist die erste Rolle?

PABLO

Der Bauer!

AUTOR

Was ist des Bauers Welt?

PABLO

Ein Feld,
ein Acker!

AUTOR

Lauter!

PABLO

Ein Feld!
Ein Acker!

AUTOR

zur Welt.

Mach ein Feld!

PABLO

spricht ihm nach.

Mach ein Feld!

AUTOR

Und mach –

PABLO

Und mach einen Acker!

DIE WELT

Bauern!
Bauern wollt ihr sein?
Gut!
Schau!

SZENE 1.3

Alles verwandelt sich in Felder, Äcker.

DIE WUNDER

Ackern, krampfen mit dem Pflug.
Morgen, Abend, es ist nie genug!

Eine Bauernwelt entsteht, und auch Pablo und Emanuela tragen plötzlich Hacken, Rechen, Schaufeln. Die Welt treibt alle an.

PABLO

Und ein Schäfchen!
Und ein Kälbchen!
Und ein Schweinchen!

Und auch die Schafe, die Kälber, die Ferkel kommen herbei. Pablo ist ganz angetan.

WELT

Krampfen, schwitzen, säen, jäten,
schlafen, essen, trinken, beten!

PABLO

bei der Arbeit mit der Hacke.

Krampfen, schwitzen, säen, jäten,
schlafen, essen, trinken, beten!
Krampfen, schwitzen, säen, jäten,
am Anfang ist es lustig.
Aber langsam wird es lästig.

WELT

Krampfen, schwitzen, säen, jäten,
schlafen, essen, trinken, beten!
Weiter!

PABLO

Müssen wir noch lange?

EMANUELA

Es ist sicher bald Schluss.

PABLO

Ich kann nicht mehr!

EMANUELA

Halte durch.

PABLO

Alles wegen dir!
Wegen deinem vorlauten Mundwerk.

WELT

Was redest du?
Müde von der Arbeit?
Brauchst du eine Pause?
Willst du ein bisschen Donner?

PABLO

Donner?

DONNER

macht Lärm. Die Bauern ziehen die Köpfe ein.

WELT

Ein bisschen Blitz?

BLITZ

blitzt und erschreckt die Bauern.

EMANUELA

Schau!
Der Sturm!

EIN STURM

geht über den Platz und zerstört die Ernte. Einer wird vom Blitz erschlagen. Als es vorbei ist, sind die Bauern dankbar. Aber schon kommt die nächste Plage, sie kommt auf Stelzen, es ist die Dürre.

PABLO

Heiß.

EMANUELA

Durst.

WELT

Sauer ist es für den Bauern.
Einmal zu viel Regen.
Und einmal überhaupt keiner.

DÜRRE

geht über den Platz.

Staubig ist die Not
und trocken der Tod!
Staubig ist die Not
und trocken der Tod!

EMANUELA

Trinken!

PABLO

Wasser!

WELT

Was man macht,
es ist nicht recht!
Wir probieren noch die Viecher.

EMANUELA

zu Pablo.

Was hat sie gesagt?

PABLO

Wir probieren noch die Viecher.

EMANUELA

Welche Viecher?

DIE WELT UND IHRE WUNDER

Viecher, die die Ernte fressen.

Und tatsächlich. Der Platz ist plötzlich voller Ungeziefer.

Und die, die die Milch verderben.

Sie fressen Frucht und Vieh.

Und die, an denen das Vieh verendet.

Sie befallen die Menschen, auch Pablo und Emanuela.

Die Viecher,
die uns ewig quälen.

EMANUELA

Kleine Viecher!
Dringen durch alle Ritzen, Schlitze,
wäh!

PABLO

Was hast du gemacht?
Du und dein Welttheater!

Nie hätt ich
hören dürfen auf dich.

EMANUELA

Feigling!
Lass das Jammern!
Da könnte Schlimmeres kommen
als kleine Viecher.

PABLO

So? Was?

EMANUELA

Große Viecher!

DAS GROSSE VIECH

erscheint. Es frisst die Bauern.

EMANUELA

Hört auf mich, ich habe eine Idee!
Da vorne, ihr, geht alle nach rechts!
Und da hinten, ihr, jetzt alle nach links!
Zu Pablo.
Du auch!
Kreist, umzingelt das Tier!
Weiter, schneller, fester!
Drückt, stecht, schlachtet!

Die Bauern wehren sich gegen das Tier. Der Wirbel entsteht, Emanuela und Pablo und die Wunder sind alle Teil davon. Dieser Wirbel umzingelt das Tier, erdrückt es, verspeist es, verdaut es, bringt es zum Verschwinden. Der Bauer auf der Empore geht ab.

PABLO

Schau!
Der Bauer!
Wo will er hin?

EMANUELA

Ist doch egal.
Es braucht ihn nicht mehr.

PABLO

Warum nicht?

EMANUELA

Weil wir jetzt seine Rolle spielen,
weil wir jetzt Bauern sind.

SZENE 1.4

PABLO

Was ist?

EMANUELA

Du bist so anders.

PABLO

Wie?

EMANUELA

Deine Brust!

Sie streichelt seine Brust.

So haarig und breit!
Und die Arme,
so muskulös!

PABLO

Was ist das?
Was soll das?

AUTOR

Das ist die Zeit.
Sie gehört zum Spiel.

PABLO

Wir sind verwandelt!

EMANUELA

zieht Pablo zu sich.

Ist doch nett.
Jetzt komm zu mir.

PABLO

Was willst du?

EMANUELA

Merkst du es nicht?
Spürst du es nicht?

PABLO

Was?

EMANUELA

Ich habe Lust.

PABLO

Das hast du immer.

EMANUELA

Jetzt habe ich sie anders.
Du bist mein Prinz.

PABLO

Und du meine Prinzessin?

EMANUELA

Aber nein, ganz sicher nicht.

PABLO

Nicht?

EMANUELA

Keine Prinzessin, nein.
Ich bin eine Königin.
Nicht irgendeine.
Deine Königin!
Eure Königin!

Und nun entsteht wieder der Wirbel, dieses Mal in der Form einer eckigen Spirale.

EMANUELA

Und marsch!

Die Spirale formt einen Pfeil, eine Angriffsformation, militärisch.

EMANUELA

Und marsch!
Männer, Frauen, Untertanen!
Ein Thron, eine Macht, ein Staat!

Das Volk errichtet der Königin ein Podium, einen Thron, ordnet sich, stellt sich um sie, beschützt die Herrscherin.

VOLK

Aus dir
und mir ein
uns. Aus allen
formen wir den
einen Leib. Der Schlag von
hunderttausend Zungen fügt sich
zu einer Stimme.
Du Mensch, ergib dich und werde zur
Macht,
zum Staate!

EMANUELA

setzt sich eine Krone auf.

Eine Königin!
Ich bin eine Königin!
Die Königin der ganzen Welt!

Derweil, in einer anderen Ecke.

PABLO

Sie ist so anders.

AUTOR

Eine Königin.

PABLO

Ich will sie zurück!

Die drei Beraterinnen erscheinen.

ROT, EINE BERATERIN

Zurück geht nicht.

BRAUN, EIN BÜROKRAT

Stoppen geht nicht.

SCHWARZ, EINE STRATEGIN

Es geht nur vorwärts.

WELT

Sie macht das gut.

SCHWARZ, EINE STRATEGIN

Jedenfalls nicht schlecht.

ROT, EINE BERATERIN

Er wäre vielleicht besser.

PABLO

Besser?

BRAUN, EIN BÜROKRAT

Besser als König.

SCHWARZ, EINE STRATEGIN

Viel besser.

ROT, EINE BERATERIN

Viel, viel besser.

BRAUN, EIN BÜROKRAT

Einfach besser.

SCHWARZ, EINE STRATEGIN

Mächtig wäre er. Gescheit. Und schön.

PABLO

Aber wie?

ROT, EINE BERATERIN

Steuern musst du!

BRAUN, EIN BÜROKRAT

Lenken!

PABLO

Aber wie?

BRAUN, EIN BÜROKRAT

Mit List.

SCHWARZ, EINE STRATEGIN

Mit Kraft.

WELT

Mit Gewalt!

Sie nimmt ein Schwert und schlägt einer Wache den Kopf ab.
Auf dem Klosterplatz bricht Chaos aus.
Rebellion. Krieg. Eine Sängerin singt derweil ein Lied. Pablo kämpft sich auf das Podium. Dann steht er vor Emanuela.

EMANUELA

Du!
Geh weg!
Was willst du?

PABLO

Nur zu dir!

EMANUELA

Meine Krone willst du!

PABLO

Deine Krone kannst du behalten.
Aber dein Herz,
das will ich.

EMANUELA

Eine Königin hat kein Herz.

PABLO

Lass das!
Schau uns an!
Was aus uns geworden ist!
Diese Gewalt, das Leid,
der Schmerz.

EMANUELA

Wenn du meinen Thron willst,
meine Macht und meine Krone,
dann komm sie dir holen!

Sie kämpfen. Emanuela siegt und stößt Pablo in die Tiefe. Sie triumphiert. Braun und Rot und Schwarz haben sich auf das Podium gestellt.

EMANUELA

Und ihr?
Was wollt ihr?

BRAUN, EIN BÜROKRAT

Einen Wechsel in der Strategie.

SCHWARZ, EINE STRATEGIN

Bisschen Change Management.

ROT, EINE BERATERIN

Ein leichtes Addschastment.

Rot stößt Emanuela vom Thron, sie stürzt vom Podium, es fällt zusammen. Chaos. Das Volk flieht und zerstreut sich. Emanuela sitzt alleine auf dem leeren Klosterplatz.

INTERMEZZO

Die beiden Mondheber erscheinen wieder. Sie nähern sich der Kiste, die kaputt in einer Ecke liegt.

MICHAEL

Los.

GABRIEL

Schweig.

MICHAEL

Ich meine.

GABRIEL

Kein Wort.

Er geht zur Kiste. Er öffnet sie und steigt hinein, verschwindet in der Kiste, man hört ihn wühlen und suchen. Dann taucht er plötzlich auf, in der Hand eine kleine Kiste, das Ebenbild der großen Kiste.

Alles dran.

Zum Glück!

Los. Pack aus!

MICHAEL

nimmt Gabriel die kleine Kiste ab, legt sie weg, und die beiden packen die große Kiste aus. Ein Tuch. Ein Seil. Michael stolpert über das Tuch. Gabriel verheddert sich im Seil. Da hören die beiden plötzlich eine Stimme.

EMANUELA

Pablo!
Wo bist du?

GABRIEL

Los!

Sie räumen hastig auf, packen Tuch und Seil und verschwinden damit in Richtung des Marienbrunnens.

ZWEITER AKT

SZENE 2.1

Es ist still. Der Platz ist leer.

EMANUELA

Pablo!
Wo bist du?
Komm raus!
Es geht weiter!
Wir wollen spielen.
Pablo?
Ich will. Ich will. Ich.

Sie weint.

Wo bist du?

Zum Autor, der erschienen ist.

Wo ist er?
Wo ist mein Pablo?

AUTOR

Nicht alle
spielen bis zum Ende.

EMANUELA

Ich brauche meinen Freund.

AUTOR

Gerade eben
hast du ihn nicht gebraucht.

EMANUELA

Nicht ich.
Also schon ich.
Ich als Königin.

AUTOR

Und schau!

Der König auf dem Podium geht ab.

EMANUELA

Was ist?

AUTOR

Er macht Platz.

EMANUELA

Wofür?

AUTOR

Für die nächste Rolle.

Die Welt tritt auf. Hinter ihr tragen sechs Gestalten einen Sarg. Die Klageweiber reihen sich ein, versammeln sich singend hinter einer Marching Band.

DIE KLAGEWEIBER

Tief in den Boden.
Tief in die Erde.
Willst du werden,
musst du sterben.

EMANUELA

Was soll das?

WELT

Einer hat ins Gras gebissen.
Einer muss in den Boden.

EMANUELA

Und warum so fröhlich?

WELT

Weil es ihn erwischt hat.
Und nicht sie.

EMANUELA

Wer ist es?

WELT

Willst du wissen?
Willst du schauen?
Komm, schau nur!
Schau!

EMANUELA

nähert sich dem Sarg.

WELT

Schön glotzen!
Mit den Glotzerchen!
Auf, weit auf!
Hübsch gaffen!
Hinein in die Grube,
hinein ins Loch.

Emanuela erkennt den Toten, es ist Pablo.

EMANUELA

Jetzt komm!

PABLO

steht plötzlich neben ihr und schweigt.

EMANUELA

Es tut mir leid.

PABLO

schweigt.

EMANUELA

Hörst du nicht?

Er schaut sie an, sie streckt ihre Arme, ihre Hände nach ihm aus, aber er dreht sich um, geht hinüber, zu den Toten, die auf ihn warten.

Emanuela kann ihn nicht lassen, folgt ihm durch den Hades, durch das Fegefeuer, die Hölle, das Nirwana, wie immer man das Jenseits nennen mag.

Sie kann ihn nicht packen, sie kann ihn nicht fassen, und wir erkennen, dass die Toten eine Spirale formen, in deren Zentrum sich eine Grube öffnet.

Dort steht schließlich Emanuela.

Die Toten verschwinden.

Aus dem Grab steigt ein Schwarm Tauben.

Emanuela, eben eine junge Frau, steht verwandelt, gealtert, ihre Jugend steht abseits neben ihr.

EMANUELA ALS REIFE FRAU

Was soll das?

EMANUELA ALS JUNGE FRAU

geht ab.

EMANUELA

zu ihrem jungen Ebenbild.

Jetzt gehst du auch?
Und lässt mich allein?
Wenn alles verloren ist?
Die Jugend.
Die Liebe.
Die Hoffnung.

EMANUELA ALS JUNGE FRAU

geht ab.

AUTOR

erscheint.

EMANUELA

Schau mich nicht an.
Ich bin nicht schuld!

AUTOR

Schuld oder nicht,
lebend oder tot,
alles gehört zum Spiel.

EMANUELA

Was ist das für ein Spiel,
dein Spiel?

AUTOR

Meins oder deins,
sicher eins,
das du spielen wolltest.

EMANUELA

Nichts hab ich gewusst.

AUTOR

Das Leben ist nie,
was wir darüber denken.
Und erst, wenn sie gespielt ist,
verstehen wir unsere Rolle.

EMANUELA

Du und deine Rolle.
Ich hab keine Rolle.

AUTOR

Aber du spielst sie gut.
So verzweifelt.
So verloren und arm.

ARMER

geht ab.

EMANUELA

Das kann nicht sein!
Ich bin nicht arm!
Ich bin nicht schuld!
Oder bin ich vielleicht arm?
Bin ich schuld?
Ich bin nicht schuld!
Ich bin nicht arm!

Emanuela rauft sich die Haare, spricht immer wieder dieselben Sätze, sie ist verrückt geworden.

SZENE 2.2

Nun erscheinen die Elenden und Gequälten, angetrieben von der Welt. Die drei Blinden mit den weißen Stöcken, angeführt von der blinden Akkordeonistin, der Pestdoktor, die Ausgebombten, die Verirrten, die Leute in den Wolldecken, die Straßenkinder, die verlassene, verlotterte Braut, eine Obdachlose mit Vogelkäfig, das Einzige, was ihr geblieben ist, Hiob, die Gefesselten, die Gefolterten, die Vergessenen. Claude, der Mann mit dem Pflock im Kopf, begleitet von seiner Tochter und dem Großvater, beide ebenfalls im Kopf bepflockt. Walli und Polli, von Kindern begleitet, sie heißen Rolo und Bolo. Einer kratzt sich die Wunden auf. Alles sinnlos, eine Welt aus Leiden.

EMANUELA

Bin ich arm?
Und bin ich schuld?
Bin ich vielleicht schuld?

HIOB

Jetzt gehörst du zu uns.
Zu den Armen und Elenden.

DIE VERLOTTERTE BRAUT

Bei uns Elenden stinkt's,
bei uns Armen juckt's,
es kratzt, es beißt,
es nässt, es geifert.

CLAUDE

Es ist gar nicht
so schlimm.

Nimmt den Pflock aus dem Kopf, als würde er den Hut lüften.

Ich bin Claude.
Ich bin der
mit dem Pflock im Kopf.

EMANUELA

Dem Pflock im Kopf?

CLAUDE

Einer ist krank und einer ist arm.
Mein Elend ist der Pflock.

EMANUELA

Und wo hast du ihn her, deinen Pflock?

CLAUDE

Natürlich vom Vater.

GROSSVATER

mit dem Pflock im Kopf.

Ich sag Guettag.

CLAUDE

Und das ist die Claudette,
unsere Jüngste.

CLAUDETTE

Und auch ich
hab in meinem Kopf
einen Pflock.

EMANUELA

Und was ist das
für ein Pflock?

CLAUDETTE

Vater?

CLAUDE

Was sagst du, mein Engel?

CLAUDETTE

Was ist das für ein Pflock
in meinem Kopf?

CLAUDE

Was fragst du mich?
Ein Pflock.

Er setzt sich seinen Pflock wieder ein.

ARMER

hat sich zu den Elenden geschlichen.

EMANUELA

Was willst du hier?

ARMER

Wo soll ich sonst hin?
Platz für mich gibt es nirgendwo.
Hab kein Dach, kein Essen,
nichts zu verlieren,
kein Geld und keine Liebe.
Lass mich bleiben,
nur für eine Nacht.

EMANUELA

bevor sie antworten kann, machen sich Walli und Polli bemerkbar. An der Hand jeweils Rolo und Bolo.

WALLI

Wer will vögeln?

POLLI

Wer will ficken?

CLAUDE

Oh nein, die beiden Furchtbaren.

EMANUELA

Wer ist das?

CLAUDE

Ganz schlimm.
Die sind auf Zäck.

EMANUELA

Auf Zäck?

CLAUDETTE

Vater.
Nicht auf Zäck.
Die sind auf Cräck.

EMANUELA

Auf Cräck?

CLAUDETTE

Und brauchen Geld.

WALLI

Vögeln!

POLLI

Ficken!

WALLI

Ein Loch fünf Franken!

POLLI

Zwei Löcher acht Stutz!

WALLI

Alle drei zusammen ein
Zweifrankenstück!

POLLI

Bist du verrückt?
Kannst du nicht rechnen?

WALLI

Ob eins oder zwei oder drei,
deine Löcher will ohnehin keiner!
Auch nicht für einen Franken!

POLLI

Meine Löcher?
Warum meine Löcher?
Ich verkaufe doch nicht meine Löcher.

WALLI

Nicht?

POLLI

Nein, seine Löcher!

Sie zeigt auf ihren Bolo.

WALLI

Nachdem sie kurz überlegt hat, nimmt sie Rolos Arm und geht zu einem Priester.

Ein Balg!
Ein Kind!
Ein süßes!
Einen Fünfziger!

PRIESTER

Brauche ich nicht.
Bekomme ich gratis.

WALLI

zu einem möglichen Kunden.

Einen Fünfziger.

KUNDE

Viel Geld für
wenig Mensch.

POLLI

schaltet sich ein.

Einen Vierziger!

KUNDE

Das letzte Wort?

WALLI

Dreißig!
Meins gibt's für dreißig!

POLLI

zu Walli.

Drecksau!
Dann eben zwanzig!

WALLI

Zehn! Und dazu
eins meiner Löcher!

POLLI

Zwei meiner Löcher!

KUNDE

Zwei für zehn?

WALLI UND POLLI

Ja!

KUNDE

Dann nehm ich beide!

Bezahlt und ab mit den weinenden Kindern.

WALLI UND POLLI

betrachten ihre Scheine und klatschen sich ab.

EMANUELA

Ich will sterben.

JESUS

Hilft auch nicht.

ARMER

Es ist, wie es ist.
Seit hundert Jahren und seit immer.

EMANUELA

Es kann nicht bleiben.

CLAUDE

Was willst du machen?

EMANUELA

Nichts.
Verschwinden will ich.
Niemand wollte spielen
in diesem Theater,
in dieser Welt.
Nur ich, nur ich,
nur ich dachte,
es wär etwas zu gewinnen
in diesem Spiel.

JESUS

Es ist kein Fehler und keine Schande,
wenn man versucht und hofft und
kämpft.

EMANUELA

Und verliert und verzweifelt an seiner
Rolle?
Ist das ein Fehler?

ARMER

Das ist die Welt.
Hingeworfen sind wir.
Das ist das Spiel.
Niemand sucht es sich aus.
Es ist ein Dreck.

CLAUDE

Man gewöhnt sich dran.

GROSSVATER

Ich sag Guettag!

EMANUELA

Tut es nicht weh?

GROSSVATER

Gelegentlich bei kaltem Wetter.

CLAUDETTE

Vater?

CLAUDE

Kind?

CLAUDETTE

Ist es jetzt kalt?

CLAUDE

Was sagst du? Natürlich nicht,
jetzt ist es warm.

CLAUDETTE

Wenn es nicht kalt ist,
weshalb tut es mir weh?

CLAUDE

Mein Storch, frag nicht.
Sei einfach zufrieden.

EMANUELA

Zufrieden?
Bist du blöd?

CLAUDE

nimmt den Pflock aus dem Kopf.

Blöd?
Wer ist hier blöd?

EMANUELA

Hast recht.
Blöd bin ich.
Aber jetzt hab ich's begriffen.
Kommt.
Wir machen es anders.

CLAUDE

Was?

EMANUELA

Das Spiel natürlich!

ARMER

Am Boden, zerschlagen, verdorben,
dies Spiel, es ist verloren.

EMANUELA

Versteht ihr nicht?
Wir sind Figuren,
und jemand zieht
an unseren Fäden.

CLAUDE

Jemand?

Sie drehen alle den Kopf in Richtung des Autors. Er steht vor der Kirchentür.

EMANUELA

Er bestimmt die Regeln,
und alles tanzt nach seiner Pfeife.
Er ist schuld.

CLAUDE

Schuld woran?

EMANUELA

An deinem Pflock.
An den verkauften Kindern.
An diesem Elend hier.

ARMER

Er ist mächtig.

EMANUELA

Ich sag's doch.

ARMER

Gegen ihn kannst du nicht gewinnen.

EMANUELA

Alleine nicht.
Mit euch zusammen.

CLAUDE

Mit uns?

ARMER

Mit einem Haufen
Lahmer, Blinder, Kranker?

CLAUDE

Hört auf!
Sie hetzt uns auf.

WALLI

Hat selber Dreck am Stecken.

POLLI

Sie ist nicht arm.
Nicht richtig.
Sie tut nur so.

WALLI

Kaltscherel Äproprieischn.

CLAUDE

Auf unsere Kosten!

CLAUDETTE

nimmt ihren Pflock aus dem Kopf.

CLAUDE

Kind, was tust du?

CLAUDETTE

Vater, vergib mir!
Sie hat recht,
ich kann nicht anders!

Claudette zündet ihren Pflock an. Hält ihn als Fackel hoch über den Kopf. Die Elenden versammeln sich um sie.

EMANUELA

Wir holen uns das Spiel zurück!
Mit unseren eigenen Regeln!
Für die Gerechtigkeit!

DIE ELENDEN

Für die Gerechtigkeit!

EMANUELA

Gegen das Gesetz,
das wenigen viel gibt
und vielen wenig lässt.

DIE ELENDEN

Gegen das Gesetz!

EMANUELA

Für ein neues Spiel!

DIE ELENDEN

Für unser Spiel!

Nun bewegen sich die Elenden langsam auf den Autor vor der Klostertür zu. Er hebt die Arme. Noch einmal kommt ihm das Kloster zu Hilfe. Wind, Feuer, Glocken. Die Elenden widerstehen.

EMANUELA

Nur weiter!
Nur weiter!
Los!

AUTOR

Mach einen Punkt!

EMANUELA

Jetzt plötzlich?

AUTOR

Meinst du, das wär die Lösung?
Wenn ich weg wär?

EMANUELA

Mit Figuren hast du gerechnet.
Aber wir bezahlen als Menschen.

AUTOR

Du kommst nicht raus aus diesem Spiel.

EMANUELA

Ich weiß.
Raus bist du.

AUTOR

Denk weiter.
Wenn ich weg bin,
was machst du danach?

EMANUELA

Lang hast du geredet,
getäuscht und gelogen.
Nur weiter!
Er verliert seine Macht!
Los, mutig, mit Kraft,
für die Gerechtigkeit!
Fort!
Weg!
Die alten Gesetze!
Die alte Ordnung!
Die alten Männer!

Die Menge hat den Autor nun erreicht, umzingelt, er wird geschubst, getreten, geschlagen.

DIE VERNUNFT

geht ab.

AUTOR

Die Vernunft geht ab,
Die Vernunft verschwindet.

Er verschwindet in der Menge.

WELT

Jetzt bist du mit mir alleine.

ARMER

Nicht alleine.

DRITTER AKT

SZENE 3.1

ARMER

öffnet die Klostertür, scheu, vorsichtig, verschwindet, erscheint wieder, er trägt einen glänzenden Pokal und hält ihn der Menge entgegen.

Aus Gold!
Mit Diamanten!
Jetzt bin ich reich!

Ein Johlen, ein Brüllen, die Elenden stürmen die Kirche. Sie werfen die Kostbarkeiten auf einen Haufen. Emanuela klettert auf den Haufen.

EMANUELA

Nicht genug!
Nur weiter!
Mehr davon!

Die Plünderung geht weiter. Der Haufen wird größer.

Nichts kann bleiben.
Nehmt alles!
Den ganzen Reichtum!

ARMER

erscheint mit dem Gnadenbild, der Schwarzen Madonna.

EMANUELA

Gib her!
Sie gehört mir!

ARMER

Das will ich für mich.

EMANUELA

Denkst du!
Meins!

Sie entreißt ihm das Gnadenbild, entreißt jedem, was er gerade in den Händen trägt, das Gold, den Schmuck, die Edelsteine.

Alles meins!
Alles meins!

ARMER

Und für mich?

EMANUELA

Für dich?
Gibt's nichts.
Bist arm.
Bleibst arm.

ARMER

Schau!

REICHER

geht ab.

EMANUELA

Seine Rolle hab jetzt ich.
Ich bin reich!
Bin reich!

SZENE 3.2

Emanuela wird sich der Schönheit bewusst, die als letzte Figur auf dem Podium steht.

EMANUELA

So reich!
Ist das nicht schön!

Zur Schönheit, die als letzte Figur noch auf der Estrade steht.

He! Du! Schönheit!
Kannst gehen, siehst du nicht, jetzt ist es schön.
Oder gefällt es dir nicht?

Sie kleidet sich in die Gewänder der Madonna.

Und das?
Das ist doch schön!
Schöner als du!
Viel schöner!
Ich bin die Schönste!

Ein Defilee der Schönen zieht vorbei. An der Klostermauer entrollt sich riesenhaft Emanuelas Porträt, ein ideales Gesicht.

Welt, wo bist du?

WELT

Was willst du?

EMANUELA

Schau mich an
und mach mich schön!

WELT

Wie schön?

EMANUELA

Schöner als sie!

WELT

lässt einen Wirbel entstehen, der Emanuela mitreißt und plötzlich Emanuelas Gesicht zeigt.

EMANUELA

aus dem Innern des Wirbels.

Schön, Ich bin schön!

SZENE 3.3

SCHÖNHEIT

verweilt auf dem Podium, bis der Wirbel Emanuela freigibt. Sie ist verwandelt, eine Greisin. So steht sie da, auf dem Klosterplatz, alt, zerbrechlich.

EMANUELA

Was hast du gemacht?
Warum höre ich nichts?
Meine Zähne so schlecht
und meine Haut so grauslich,
die Knochen spröde
und meine Augen sehen fast nichts!

WELT

Du bist verwandelt und also lebendig.
Was könnte schöner sein?

EMANUELA

Du bist,
was alles zerstört.

WELT

Ich bin bloß die Welt,
sie dreht sich und dreht sich.
Und schau!

SCHÖNHEIT

Jetzt bist du wahr, jetzt bist du schön!
Sie geht ab.

WELT

Die Schönheit geht!
Du und das Spiel,
ihr seid vollendet!

EMANUELA

Vollendet?
Und jetzt?

WELT

Bist du am Ende.
Das Spiel ist aus.

EMANUELA

Das kann nicht sein!
Es muss weitergehen.

WELT

Das geht es auch.

EMANUELA

Sicher?

WELT

Aber ja.
Es geht weiter ohne dich.

EMANUELA

Ohne mich.
Und du?

WELT

Ich bin deine Welt.
Und deine Welt verschwindet.
Und in dieses Verschwinden
nimmt sie dich mit.

EMANUELA

Nein. Ich bleib!

Sie begegnet ihren Alter Egos, dem Kind, der jungen Frau, der reifen Frau. Sie wollen sie mitnehmen.

EMANUELA ALS REIFE FRAU

Pablo!
Ich liebe dich!
Pablo!
Hörst du?
Ich liebe dich!
Da geht nicht vorbei.

EMANUELA ALS JUNGE FRAU

Eine Königin!
Das war ich.
Stell dir vor.
Eine Königin!

EMANUELA ALS KIND

Kommt!
Wir wollen spielen!
Spielen!

Nun ist das Lama da. Emanuela als Greisin steigt auf und verschwindet mit der Welt auf der Bühne.

Großmütterchen!
Mütterchen?
Wo gehst du hin?
Wir wollten spielen.
Bleib doch!

Bleib!

Wer soll jetzt mit mir spielen?

Man hört zwei Stimmen. Gabriel und Michael kommen. Immer mehr Kinder strömen auf den Klosterplatz und betrachten das Werk der beiden.

DIE MONDHEBER

Achtung!

Es ist der Mond, der schöne, weiße, volle Mond in der Nacht über Einsiedeln, über der Welt, in vollem Glanz, mit seinem feinen Lächeln.

Finis. Fin de la bobine.

NACHWORT

WELCHE ROLLE IST DEINE ROLLE?

Das Welttheater in Einsiedeln stellt für einen Dramatiker eine unmögliche Aufgabe dar. Zuerst ist es die Bühne, der gewaltige Klosterplatz. Wer hier ein Theater aufführen will, muss größenwahnsinnig sein.

In seiner Mitte steht der Marienbrunnen, eine Muttergottes ganz aus Gold, zu ihren Füßen vierzehn Wasserspeier. Arkaden umsäumen den Platz in einem Halbkreis, dazwischen eine Treppe und dahinter erhebt sich die barocke, monumentale Kirche. Die Dimension: sieben Fußballfelder. Nur der Petersplatz in Rom ist größer.

Die spirituelle Größe übertrifft die architektonische. Das Kloster Einsiedeln ist der wichtigste Wallfahrtsort der Schweiz. Es birgt ein Gnadenbild, eine Schwarze Madonna, behütet von den Mönchen der Benediktinerabtei. Diese Holzfigur ist Ziel und Sehnsucht für Pilger aus der ganzen Welt. Zu Hunderten, zu Tausenden strömen sie, in jeder Jahreszeit. Am Auffahrtstag versammelt sich der Kanton Zug am Gnadenbild, an Pfingsten sind es die Menschen aus Portugal und im Juni jene aus Sri Lanka. Ein nicht abreißender Strom von Gläubigen. Konfession oder Religion spielen eine untergeordnete Rolle – es ist die Liebe und die Verehrung für den Glanz und die Anmut dieser schlichten Figur aus Lindenholz.

Hier ein Theater? Es ist schon alles Theater! Die Anlage gehört der größten Theatercompagnie des Abendlandes. Rollen, Requisiten und Kostüme sind seit tausend Jahren definiert. The Biggest Show on Earth, jeden Tag von früh bis spät. Es beginnt um Viertel nach sechs Uhr morgens mit der ersten Eucharistiefeier, dann die Laudes, nachmittags die Vesper und das Salve Regina, das Rosenkranzgebet und zum Abschluss, um acht Uhr abends, die Komplet. Das Orchester verfügt über zwölf Glocken, die größte, die Dreifaltigkeitsglocke, wiegt sechs Tonnen und schlägt die Stunden seit vierhundert Jahren. Die Chororgel, die Psallierorgel, die Mauritius- und natürlich die Marienorgel. Hundertzwanzig Pfeifen mindestens. Dazu die Gesänge, dazu, natürlich, das allergrößte Wunder, der größte Trick, besser geht es nicht: die Verwandlung von Brot in Fleisch und von Wein in Blut. Mit welcher Geschichte soll man diese Inszenierung übertreffen, angehen, kritisieren? Unmöglich.

Und doch nur ein kleines Problem, verglichen mit dem Stück, das aufgeführt, in eine zeitgemäße

Form gebracht, neu geschrieben werden soll, das Welttheater des Don Pedro Calderón de la Barca y Barreda González de Henao Ruiz de Blasco y Riaño aus den 1630er-Jahren. Es ist ein sogenanntes Autosacramental, ein Mysterienspiel, aufzuführen zu Fronleichnam, zur Blutfeier, was immer das bedeuten mag, und wir Heutigen, wir verstehen nichts mehr davon, nicht seine Form, nicht seinen Inhalt.

In diesem Stück gibt es keine Handlung, es gibt keinen Ort und keine Zeit, es spielt immer und überall, und deshalb spielt es nie und nirgendwo. In diesem Stück gibt es keine Figuren, keine Charaktere, keine Personen. Stattdessen treten in diesem Stück Allegorien auf.

Was ist das, eine Allegorie?

Die Allegorie enthält das griechische állos, «das Andere». Und folglich bedingt die Allegorie «das Eine». Bei Calderón ist dieses Eine, in dem sich das Andere spiegelt, ergänzt und vervollständigt, der Schöpfer.

Die Allegorie zerbricht in viele Gestalten: in einen Reichen, in den König, das ungeborene Kind und den Bauern, in die Schönheit, die Vernunft und in die Gnade. Diese Rollen sprechen nicht für sich selbst und finden keine Individualität. Sie haben eine Funktion zu erfüllen im Plan des Schöpfers: auftreten, der Rolle gemäß spielen und schließlich wieder abtreten.

Wie sollen wir Menschen des einundzwanzigsten Jahrhunderts dieses Modell verstehen? Wir haben unsere Subjektivität erstritten, wir leben sie, gestalten sie, formen sie. Unsere Aufmerksamkeit gehört der Individualität, wie sollen wir Anschluss finden an ein vierhundert Jahre altes Theaterstück, das diese zentralen Dinge ignoriert?

Die Allegorie, das Andere, will in das Eine zurückfinden, in den Schöpfer. Das ist ihre Bestimmung, und dazu dient die Vorstellung, jene Zeit auf der Bühne und jene zwischen Wiege und Sarg, also das Leben selbst.

Diese Bedingungen sind für uns Zeitgenossen weggefallen. Den Menschen als Rollenträger kennen wir nur aus den Erzählungen – aus dem Theater, dem Kino, der Literatur und allen möglichen Spielen. Für «Schönheit» und «Vernunft» kennen wir keine Entsprechung. Im Namen der Schönheit spricht niemand, nicht einmal die kosmetische Industrie, und wer könnte noch der Vernunft eine Stimme leihen? Und nie hat man einen Schauspieler gesehen, der die Gnade spielte. Und was wäre ein Reicher, ein Armer heutzutage? Es sind keine ausreichenden Beschreibungen, um einen Menschen zu definieren. Bei Calderón allerdings reichten sie, um ein Weltgebäude zu errichten.

Allegorie, Frömmigkeit, Innigkeit, Mystik: All dies rückt uns Calderón in weite Ferne. Eigentlich eine gute Voraussetzung für das Theater – gerade das Freilichttheater in Einsiedeln mit seinen riesigen Distanzen. Aber die räumliche Entfernung muss in einer gedanklichen fußen. Um die Kraft dieser Dichtung verfügbar zu machen, muss man die Jahrhunderte begreifen, die Weiten, die der Fortschritt durchmessen hat, die Ideen, die Kriege, die Revolutionen, die zwischen uns und Calderón liegen.

Man könnte Walter Benjamin folgen und ginge nicht falsch: Wenn man mit ihm die Allegorie als eine Kunstform der Verfallszeiten wahrnähme, fände man viele Anknüpfungspunkte und genügte damit den Ansprüchen der Geschichts- und Kulturpessimisten. Das wäre billig zu haben und verspräche weite Resonanz. Aber man würde Benjamin und vor allem Calderón nur zur Hälfte gerecht. Die Allegorie als geschichtsphilosophische Kategorie enthält einen utopischen Kern. «Apokalypse» am Ende bedeutet nicht «Untergang», es bedeutet «Enthüllung».

Wie findet man aber zu jener Hoffnung, die Calderón bei allem Sarkasmus grundiert?

Sicher nicht, indem man ihn modernisiert. Sicher nicht, indem man ihn verständlich macht. Man konstruiere keine Analogien. Ja, auch heute sind manche Reiche geizig. Ja, auch heute findet man bornierte und undankbare Bauern. Ja, heute noch jammert, wer im Elend sitzt. Und nach wie vor verdirbt Eitelkeit das schönste Gesicht.

Seit Calderón hat sich vieles verändert. Was hinter dem Abgang mit dem Sarg ist, musste im siebzehnten Jahrhundert niemand erklären: Es war die Ewigkeit, für die Auserwählten in der Form des Himmelreichs und der göttlichen Gnade; für die Unglücklichen als ewige Verdammnis in der Hölle oder, wenn es zu keinem Urteil reicht, wie im Falle des ungetauft verstorbenen Kindes, als Limbus, als Vorhölle. Beides, Himmel und Hölle, war die Erlösung von aller Rollenhaftigkeit, die Entfaltung des wahren Seins. In der Aufhebung des letzten Zweifels ging das Schlechte zum Schlechten und das Gute zum Guten. Das Gefüge war intakt, die gesellschaftliche Ordnung, so ungerecht sie sein mochte, wurde durch die göttliche Ordnung bestätigt. Der weltliche Status war bei der letzten Seelenschau einerlei oder hinderlich. Der Reiche wird als Einziger nicht zum Fest geladen. Das Leid, die Schmerzen, die Unterdrückung, die ein Mensch in seinem Leben erlitten haben mochte, konnte nach dem Vorbild Hiobs als besondere Auszeichnung und Gnade begriffen und daher ertragen werden. Die Drangsal, das Leben selbst, ist bei Calderón eine ephemere Erscheinung. Das Heil oder die Verdammnis jenseits des Todes hingegen dauern ewig. Jede weltliche Ungerechtigkeit ist ein Trugbild, und ein Narr, wer dagegen aufbegehrt. Es ist vernünftiger, nach Calderóns Welttheater klüger, sich in seine Rolle zu fügen und sie auszufüllen, sein Schicksal, über das man nicht verfügt, anzunehmen und am zugewiesenen Platz an der Schöpfung zu wirken. Jede Revolte gegen die eigene Rolle ist eine Revolte gegen den göttlichen Plan.

Wir modernen Menschen brauchen die Revolte. Wir müssen die Welt verändern, verbessern, ihre Fehler ausmerzen, sie retten. Was ist der Fortschritt anderes als eine Revolte? Und dazu braucht es uns als Persönlichkeiten, als Heldinnen und als Helden. Auch das gibt es nicht bei Calderón.

Und doch müssen wir zugeben: Auch der Mensch des einundzwanzigsten Jahrhunderts ist dem Schicksal ausgeliefert, den Wechselfällen des Lebens, dem Zufall, der Krankheit, der freudigen Überraschung, dem Tod. Die wesentlichen Parameter eines Lebens kontrollieren wir nicht. Wir bestimmen nur zu einem Teil über unsere eigene Rolle. Es sind die anderen, die den König machen, wir werden gespiegelt von der Gesellschaft, über die wir nicht bestimmen oder herrschen.

Ist das der Weg zu Calderón? Seine zentrale, bis heute unbeantwortete Frage: Welche Rolle ist deine Rolle? Und was heißt es, seine Rolle auszufüllen, sie gut zu spielen?

Wir kennen es aus dem Theater und aus dem Leben: Wer eine Nebenrolle besetzt, wird seine Kritik an der Inszenierung immer mit einem Vorbehalt behaftet sehen – würdest du auch mäkeln, wenn du größer spielen dürftest? Ist es nicht der Neid, der deinen Mund übergehen lässt? Für einen Nebendarsteller liegt die einzige Möglichkeit der Kritik darin, sein Spiel in den Dienst der Inszenierung zu stellen. Jeder kennt die Theaterabende, an denen man sich als Zuschauer wünscht, ein marginaler Schauspieler, der im ersten und im fünften Akt den Boten darstellt, hätte den Helden gespielt, und nicht dieser eitle Fatzke, der durch ungeklärte Umstände an die Titelrolle gekommen ist.

Wer hat nicht schon gestaunt über die Demut und Würde gewisser dienstbarer Geister, die ihre schlichte, sicher nicht reich entlohnte Arbeit mit Sorgfalt verrichten, die Gläser polieren, als würde eine Königin als Gast erwartet? Die jede Bestellung mit einem Lächeln quittieren und den Eindruck erwecken, nicht durch Zufall, sondern durch Bestimmung in diese Stelle gekommen zu sein. Ihre Aufgabe ist glanzlos, aber statt sich über den marginalen Platz in der Gesellschaft zu beschweren, erfüllt sie ihre Tätigkeit mit Stolz und Hingabe. Wie tief kann man berührt werden von einem Menschen, der nicht mit seiner Rolle hadert!

Aber das böse Wort der Ungerechtigkeit ist in der Welt. Jeder wird missachtet, jeder sieht sich übervorteilt. Das Ressentiment grundiert unsere Gesellschaft. Nicht die Ungerechtigkeit gegenüber dem Nächsten empört, es ist das selbst empfundene Unrecht, die eigene Zurückstufung auf den Rang eines Statisten, gegen die man revoltiert. Und wenn wir jemanden erkennen, der frei ist von diesem Dünkel, schämen wir uns für unseren eigenen.

Die Besetzung bleibt immer ungerecht. Wir alle werden in ein Leben geworfen, keiner wird gefragt, in welche Zeit, an welchen Ort. Daher handelt klüger, wer seine Rolle annimmt, das Beste daraus macht – und sie dadurch am Ende überwindet: Hier hat Calderón einen Punkt.

Aber wer kann sich heute zu dieser Demut, zu dieser Unterwerfung bequemen? Vor allem, wer weiß, aus welcher Zeit sie stammt?

Politisch befindet sich Spanien im siebzehnten Jahrhundert im Niedergang. Philipp III. reiht Niederlage an Niederlage. Karl II. sollte der letzte Habsburger auf dem spanischen Thron sein, ein kranker Junge aus einem inzüchtigen Geschlecht. Ein Jahrhundert lang haben sie das Land in der Gegenreformation verzehrt, mit unüberbietbarem religiösen Fundamentalismus regiert. Die Inquisition fordert Tausende Opfer. Der Terror ist alltäglich: Folter, Verbrennungen und Galeerenstrafe. Dreihunderttausend Morisken, Nachfahren konvertierter Mauren, müssen 1609 Spanien verlassen. Man gibt ihnen drei Tage, um ihre Sachen zu packen. Von diesem Verlust an Menschen, an Arbeitskraft, an Intellekt, erholt sich das Land nicht mehr. Krieg, Vertreibung, Mord und Totschlag, dazu die Pest: Das ist der Barock, das ist Calderóns Welt, das ist sein Theater.

Wie sollen wir die Höhen jenes schrecklichen Jahrhunderts begreifen? Zurbarán, Velázquez, Cervantes, Lope de Vega, Ribera, alle in Calderóns Jahrhundert gestorben. Zum inquisitorischen Terror gehört die spanische Mystik. Sie kennt einzigartige Autoren, sie kennt Teresa von Ávila, Johannes vom Kreuz, Ignatius von Loyola.

Aber wie soll daraus ein modernes Theaterstück werden? Wer will das sehen? Und vor allem: Wer will das spielen?

Für einen Dramatiker ist das Welttheater eine unmögliche Aufgabe, nicht aber für das Spielvolk in Einsiedeln. Seit hundert Jahren werden die Menschen hier regelmäßig von einem Fanatismus befallen, der sie befähigt, gegen alle Widerstände dieses Spiel aufzuführen. Fünfhundert Menschen auf und hinter der Bühne helfen sich gegenseitig. Der Grund dafür, der Antrieb, ist ursächlich mit Calderón verbunden: Es ist die Freude an der Feier. Der Barock hat die größten Feste der Weltgeschichte eingerichtet, geladen waren ganze Landstriche, zu sehen gab es die buntesten Spektakel mit Tieren, Artisten, Feuerwerk und Wasserspielen, mit dem ganzen verfügbaren Bühnenzauber. Der Grund dafür war nicht der schlichte Spaß an der Sache, die Gaudi, die Vergnügungssucht. Es war der Glaube an die Verwandlung, die eine Feier bringen, begleiten, bewundern kann.

Die geteilte Erfahrung der unausgesetzten

Transformation macht aus dem Welttheater in Einsiedeln eine soziale Installation. Das Welttheater ist ein Chronograf. Die Menschen ermessen daran ihr Leben: Damals, bei dieser Inszenierung, haben sich Oma und Opa kennengelernt. Hier kam der Vater zur Welt, das war sein letztes Spiel. Die Rollen schreiben sich ein in die Biografien. Sie werden zum Spiegel, zum Bild, zur Metapher, oder wenn man will: zur Allegorie des Lebens dieser Menschen. Die Utopie darin ist eine lebendige Erfahrung, auf die man in Einsiedeln nicht verzichten will. Wir können uns im Spiel kennenlernen, wir können das Spiel durch die Befolgung der Regeln überwinden, wir können alles, was uns geschieht, teilen, das Schöne und das Hässliche, die Freude und das Leid. Wir können in der Unmöglichkeit der Aufgabe, ein Leben zu führen, in unserem Scheitern den Sinn erkennen, den Versuch, aus unserer ungefragten Existenz eine notwendige zu machen.

DANKSAGUNG

Dieses Stück entstand zwischen 2016 und 2024 aus den Gesprächen mit der künstlerischen Leitung des Welttheaters Einsiedeln.

Ich danke herzlich dem Regisseur Livio Andreina, der Dramaturgin Judith Gerstenberg, der Bühnenbildnerin AnnaMaria Glaudemans, dem Choreografen Graham Smith und den Komponisten Michael Wertmüller und Bruno Amstad.

INHALT